TRAS LAS HUELLAS DE ARTHUR CONAN DOYLE:

UN VIAJE ILUSTRADO POR DEVON.

Por

Brian W. Pugh y Paul R. Spiring.

Tras las huellas de Arthur Conan Doyle
1ª edición, 2008
© Copyright 2008
Brian W. Pugh y Paul R. Spiring

Brian W. Pugh y Paul R. Spiring declaran su derecho a ser identificados como autores de esta obra de conformidad con la Ley sobre Derechos de Autor, Diseños y Patentes de 1998.
Reservados todos los derechos.
Queda terminantemente prohibida la reproducción, copia o transmisión de esta publicación sin autorización escrita.
Ningún fragmento de esta publicación podrá ser reproducido, copiado, transmitido o grabado sin la autorización escrita previa o sin el cumplimiento de las disposiciones de la Ley sobre Derechos de Autor de 1956 (y sus sucesivas modificaciones).
Cualquier persona que de una forma u otra conculque las citadas disposiciones en relación con esta publicación podrá ser objeto de persecución criminal y de enjuiciamiento civil por daños y perjuicios.

ISBN-9781904312482

MX Publishing Ltd, 335 Princess Park Manor, Royal Drive, Londres, Inglaterra, N11 3GX
www.mxpublishing.co.uk

Dedicatoria

Los autores desean dar las gracias a sus parejas y a sus familias respectivas por animarles a concluir el libro. También desean dar las gracias a sus amigos en The Conan Doyle (Crowborough) Establishment y en la Escuela Europea de Karlsruhe por su apoyo constante.

Índice

CAPÍTULO UNO
Sir Arthur Conan Doyle

Introducción	1
Los primeros años de médico	3
"¡Levántese, Sir Arthur!"	8
Una segunda familia y otros intereses	18
Los años crepusculares	24

CAPÍTULO DOS
Dr. George Turnavine Budd

Introducción	29
Amigos y socios	32
La asociación médica	38
La ruptura y sus repercusiones	44
¿Legado fascinante?	50

CAPÍTULO TRES
Bertram Fletcher Robinson

Introducción	54
El perro de los Baskerville	58
Viajes de exploración a Dartmoor	66
La narración del perro	76
Rumores	82
Reconocimiento merecido	87

CAPÍTULO CUATRO
The Arthur Conan Doyle Devon Tour

6 Elliot Terrace, The Hoe, Plymouth	92
Durnford Street, East Stonehouse, Plymouth	95
Plymouth Guildhall, Royal Parade, Plymouth	97
Ford Park Cemetery, Ford Park Road, Plymouth	99
Lopes Arms, Tavistock Road, Roborough	101
High Moorland Visitor Centre, Tavistock Road, Princetown	103
Her Majesty's Prison Dartmoor, Princetown	105
Brook Manor, cerca de Hockmoor Hill, West Buckfastleigh	107
Iglesia de la Santísima Trinidad, Church Hill, Buckfastleigh	109
Iglesia de S. Andrés, West Street, Ashburton	111
'Dorncliffe', 18 West Street, Ashburton	113
Jardín, Coach Road, Newton Abbot	116
Park Hill House, Park Hill Cross, Ipplepen	119
'Honeysuckle Cottage', 2 Wesley Terrace, East Street, Ipplepen	122
Iglesia de S. Andrés, Ipplepen	124
El Grand Hotel, Seafront, Torquay	126
Pavilion Shopping Centre, Vaughan Road, Torquay	129
Ayuntamiento de Torquay, Castle Circus, Torquay	131

Bibliografía seleccionada   133

Prólogo

Arthur Conan Doyle llevó una vida extraordinariamente variada y apasionante, el tipo de existencia que usted podría asociar con un absoluto excéntrico, pero no lo fue. Era, sin embargo, polifacético, valiente, inteligente, apasionado y de espíritu abierto. Ha habido muchas biografías sobre él (y, mientras escribo ésta, está prevista la publicación de, al menos, dos más), y probablemente usted piense que ya se ha tratado cada aspecto de vida; sin embargo, parece que continuamente se está desenterrando nueva información, tal como lo demuestra este libro.

Durante mucho tiempo el nombre de Arthur Conan Doyle se ha visto ensombrecido por su creación más famosa, Sherlock Holmes. Probablemente, si usted menciona Dartmoor, noventa y nueve de cada cien personas pensará en la mayor aventura de Holmes, *El perro de los Baskerville*. Pero, generalmente, las conexiones de Conan Doyle con Dartmoor y con Devon van más allá de ese libro. Su primera consulta después de obtener la titulación como médico se encontraba en Plymouth. Fue, por supuesto, un empleo por poco tiempo, pero el Dr. Conan Doyle regresó al condado en numerosas ocasiones. Dada su carácter activo, estas visitas tuvieron siempre algún propósito más aparte de la simple relajación, tal como descubrirá.

Las vidas de otros dos hombres están unidas inseparablemente a las experiencias de Conan Doyle en Devon: George Turnavine Budd, quien lo contrató como socio en la consulta de Plymouth, y Bertram Fletcher Robinson, quien jugó un papel esencial concibiendo y planificando *El perro de los Baskerville*. Las contribuciones de ambos se tratarán de forma completa y equitativa en este libro.

Otros han proporcionado guías para las almas románticas que desean seguir la pista de Sherlock Holmes. Estoy encantado de dar la bienvenida a un libro que, en cambio, se concentra en la figura del creador del detective y que, además, está escrito con la colaboración de un científico y un especialista en Doyle.

Roger Johnson,
Editor de *The Sherlock Holmes Journal*.

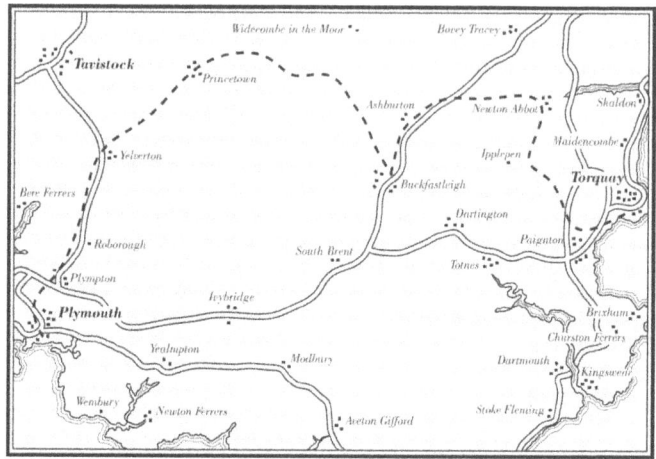

Lámina 1. El viaje de Arthur Conan Doyle por Devon (el camino está indicado en líneas quebradas).

Introducción

Entre 1882 y 1923, Arthur Conan Doyle, el creador del legendario personaje de Sherlock Holmes, visitó Devon en al menos nueve ocasiones distintas y residió, en total, cuatro meses aproximadamente. Este libro pretende situar estas visitas en el contexto más amplio de su vida y también permitir a los lectores rastrear por sí mismos algunos de sus pasos a través del condado. Este libro desea atraer a los lectores sin tener en cuenta sus conocimientos sobre la vida o las obras de Conan Doyle.

De hecho, este libro tiene dos partes. La primera parte (capítulos 1-3) introducirá al lector los tres actores principales, Sir Arthur Conan Doyle, Dr. George Turnavine Budd y Bertram Fletcher Robinson. La segunda parte (capítulo 4) permitirá al lector recorrer los lugares no ficticios de Devon con los cuales estos actores principales estuvieron relacionados más estrechamente. Le rogamos que tenga en cuenta que las secciones marcadas con un asterisco en el capítulo 4 son propiedad privada; se ruega además a los visitantes que respeten la privacidad de los inquilinos.

El viaje completo es una ruta semicircular que reúne 18 lugares (véase la ilustración 1 y el capítulo 4). La mayor parte de estos lugares incluye varios puntos de interés. Los visitantes tienen que recorrer 95 km a lo largo de diferentes carreteras y andar 2 km a través de caminos, en su mayor parte llanos. El viaje propuesto comienza en Plymouth y finaliza en Torquay, incluyendo Roborough, Princetown, Buckfastleigh, Ashburton, Newton Abbot, Ipplepen y Paignton respectivamente. Como alternativa, los lectores pueden optar por hacer el viaje al revés o realizar una parte más pequeña y localizada del mismo.

Para tomar un refrigerio durante el viaje se recomiendan lo siguientes sitios: Strand Tea Rooms (24 New Street, The Barbican, Plymouth), Valentis Cafe Bar (The Promenade, The

Hoe, Plymouth), The Lopes Arms (Tavistock Road, Roborough), Fox Tor Cafe (Two Bridges Road, Princetown), The Forest Inn (Hexworthy), The Old Coffee House Tea Rooms (West Street, Ashburton) y Compass Bar and Lounge (Grand Hotel, Torbay Road, Torquay). A lo largo del viaje también encontrará muchos hoteles, posadas y alojamientos *bed and breakfast*.

¡Feliz viaje!

Brian Pugh y Paul Spiring.

Agradecimiento

Finalmente los autores desean dar las gracias a las siguientes personas por su ayuda en la realización del libro: Ann Adams (familia Budd), Fernando Alba-Cascales (translación), Ashburton Library, Peter Basham (Royal College of Physicians of London), Phillip G. Bergem (Norwegian Explorers), Michael Bourne (familia Baskerville), Bob Brewis (historiador de Freemason Torbay Lodge No. 1358), Bristol Central Library (referencia), Bristol Record Office, Cambridge University Library (libros extraños y revistas), Graeme de Bracey Marrs (familia Robinson), Devon Record Office, Shelah Duncan (The British Library), Simon Eliot (director de la Sherborne School), Exeter Central Library (Westcountry Studies), Michael Freeland (Harold Michelmore & Company Solicitors, Newton Abbot), Irene Ferguson (archivista asistente de la universidad de Edimburgo), Laxmi Gadher (Record Copying Department of The National Archive, Richmond), General Register Office, John Genova, Stewart Gillies (The British Library), Annabel Gordon (TopFoto), Rocío Poza Guedes (translación), Freda Howlett (presidente de la Sherlock Holmes Society of London), Ipplepen Library, Roger Johnson (editor de *The Sherlock Holmes Journal*), Tim Johnson (The Sherlock Holmes Collection, The University of Minnesota), Liverpool Central Library and Archive, Pat Luxford (Ford Park Cemetery Trust), Ian MacGregor (gestor de la información del archivo de Met Office, Exeter), Janice McNabb, Meade-King, Robinson and Company Limited (Liverpool), Newton Abbot Library (Local Studies and Railway Studies), Peggy Perdue (The Friends of the Arthur Conan Doyle Collection, Toronto

Public Library, Canada), Plymouth and West Devon Record Office, Plymouth Central Library (Local and Naval Studies), Mark Pool (Torquay Library), Harry Rabbich, Christopher Redmond, John Richardson (director del Cheltenham College), Arthur Robinson (familia Robinson), Mark Steed (director del Kelly College, Tavistock), Brian and Maggie Sutton, Troy Taylor (Illinois Hauntings Tour Company), The Society for Psychical Research (Londres), Philip Weller and Jane Weller (The Baskerville Hounds, The Dartmoor Sherlock Holmes Study Group y The Conan Doyle Study Group), Frances Willmoth (archivista del Jesus College, universidad de Cambridge), Doug Wrigglesworth (The Friends of the Arthur Conan Doyle Collection, Toronto Public Library, Canadá) y especialmente Patrick Casey (Clifton Rugby Club).

CAPÍTULO UNO

Sir Arthur Conan Doyle
(22 de mayo de 1859 – 7 de julio de 1930)

Ilustración 2. Sir Arthur Conan Doyle.

Introducción

Arthur Conan Doyle (a continuación ACD) nació el 22 de mayo de 1859 (véase la ilustración 2). Era hijo de un artista y arquitecto llamado Charles Altamont Doyle y Mary Josephine Doyle (de soltera Foley) que residían en el número 11 de Picardy Place, Edimburgo. ACD fue bautizado en la religión católica romana y recibió el nombre de Conan a fin de perpetuar el nombre de su padrino y tío abuelo sin hijos, Michael Conan. ACD formaba parte de una familia de nueve hermanos, Annette (nacida en 1856), Catherine (nacida en 1858), Arthur (nacido en 1859), Mary (nacida en 1861) Caroline (nacida en 1866), Constance (nacida en 1868), John (nacido en 1873), Jane (nacida en 1875) y Bryan Mary (nacido en 1877).

Al principio, ACD fue educado en la Academia Newington de Edimburgo. A la edad de nueve años fue enviado a la escuela primaria jesuita Hodder en Lancashire y dos años más tarde fue admitido en el cercano Stonyhurst College. Con dieciséis años ACD abandonó Stonyhurst y continuó su educación un año más en la escuela asociada llamada Stella Matutina en Feldkirch, Austria. Durante su regreso a casa, en Escocia, ACD hizo una parada en París para pasar unas semanas con un tío, quien le aconsejó que reflexionara sobre la posibilidad de estudiar la carrera de medicina. Después de llegar a Edimburgo, ACD se encontró con que de hecho ya se había decidido que estudiaría medicina y no letras, una decisión probablemente tomada por la influencia de un amigo de la familia y médico llamado Bryan Charles Waller, el cual se alojaba en casa de la familia Doyle por entonces.

Los primeros años como médico

Se ha relatado con frecuencia que ACD ingresó en la Facultad de Medicina de la universidad de Edimburgo en el mes de octubre de 1876 (el Alma Máter de Waller). Sin embargo, una nota escrita el 17 de mayo de 1882 por un tal Thomas Gilbert, que por entonces trabajaba en la secretaría de la universidad de Edimburgo, indica que ACD realmente comenzó sus estudios de Medicina el 1 de noviembre de 1877. En todo caso, durante su época de estudiante ACD fue alumno del Dr. Joseph Bell, sobre el cual se basa en gran parte el personaje de Sherlock Holmes. También conoció al profesor William Rutherford, quien sirvió de patrón para un personaje ficticio posterior llamado profesor George Edward Challenger.

Durante 1879 ACD hizo amistad con un estudiante de último año de medicina llamado George Turnavine Budd (véase el capítulo 2). En el mismo año, ACD se trasladó de Edimburgo a Birmingham para trabajar como ayudante médico del Dr. Reginald Hoare. Poco después, ACD asistió a una conferencia que le despertó el interés por el espiritualismo para toda la vida y le llevó a renunciar posteriormente al catolicismo.

Durante 1880 ACD fue empleado como cirujano durante siete meses a bordo del ballenero *Hope*. Recibía un sueldo fijo de dos libras y diez chelines al mes, más un suplemento de tres chelines por cada tonelada de aceite de ballena recogida. Durante este viaje ACD se cayó del hielo al mar helado y a duras penas evitó ahogarse utilizando el cuerpo de una foca despellejada para salir.

El 1 de agosto de 1881, ACD recibió el título de *Bachelor* en Medicina con sobresaliente y el título de *Master* en Cirugía en la universidad de Edimburgo. Posteriormente fue empleado como cirujano a bordo de un carguero de vapor llamado *Mayumba* que se dirigía con destino a África occidental. Durante este viaje contrajo la fiebre tifoidea y estuvo a punto de morir. Después de su regreso a Inglaterra a comienzos de 1882, ACD volvió a trabajar con el Dr. Hoare en Birmingham, pero a finales de la primavera del mismo año inició una asociación médica con el Dr. George Turnavine Budd en el distrito East Stonehouse de lo que es ahora Plymouth.

A comienzos del verano de 1882, ACD hizo un viaje de Plymouth a Tavistock, haciendo un alto en el camino en Roborough. Esta excursión le inspiró para escribir un artículo titulado *Dry Plates on a Wet Moor*, que fue publicado en *The British Journal of Photography* en noviembre de 1882. Una década después, la misma zona sería descrita en una serie de Sherlock Holmes titulada *Silver Blaze* (1892). El "genio" al que se hace referencia en el artículo anterior es probablemente el Dr. George Turnavine Budd, quien también aparece apenas transformado en una historia corta titulada *Crabbe's Practice* (1884). Budd reaparece posteriormente en un personaje llamado 'Dr. James Cullingworth' en otros dos libros llamados *The Stark Munro Letters* (1895) y *Recuerdos y aventuras* (1924).

En junio de 1882 se disolvió la asociación entre George Turnavine Budd y ACD. ACD decidió dejar Plymouth por Portsmouth en Hampshire provisto de sólo 10 libras en el bolsillo y un "optimismo despreocupado propio de la juventud respecto al futuro". Alquiló una casa cerca de Southsea y puso una consulta en el número 1 de Bush Villas, Elm Grove (véase la ilustración 3). Sin embargo, el negocio fue lento al principio y más tarde recordaría que "había un tendero que sufría ataques epilépticos, lo cual para mí significó mantequilla y té". Sin embargo, en los ocho años que ACD trabajó en Southsea, se convirtió en un médico razonablemente exitoso y ganó 300 libras al año. También fue elegido secretario asistente honorífico de la Sociedad Científica y Literaria de Portsmouth y jugó de portero y defensa para el Portsmouth Football Club con el nombre ficticio de A. C. Black.

A comienzos de 1885, ACD trató a un paciente de 25 años llamado John Hawkins, a quien la familia llamaba cariñosamente 'Jack'. John padecía una meningitis bacteriana, por entonces una enfermedad incurable; su hermana mayor, Louise Hawkins, lo llevó a ver a ACD. En esta época la sociedad solía aislar frecuentemente a estos enfermos porque no se entendía la causa de los ataques convulsivos. No obstante, ACD instaló a John en su propia casa y lo cuidó personalmente hasta su muerte el 25 de marzo de 1885.

Ilustración 3. ACD en su consulta de Southsea.
COLECCIÒN TROY TAYLOR

Ilustración 4. Louise 'Touie' Hawkins.
COLECCIÒN TROY TAYLOR.

Louise, apodada 'Touie', a la cual ACD vió con frecuencia, tenía 27 años y era 'una muchacha muy femenina, amante del hogar, de una gran bondad y una generosidad absoluta'. ACD y Louise se enamoraron y posteriormente él escribiría sobre ella que 'ningún hombre podría haber tenido una compañera más bondadosa y amable en la vida'. La pareja se casó el 6 de agosto de 1885 en Lancashire, el Dr. Bryan Charles Waller actuó como padrino de boda y seguidamente pasaron la luna de miel en Irlanda. Poca antes de la boda, a ACD le habían concedido su Doctorado en Medicina en la universidad de Edimburgo.

En 1886, ACD escribió *Estudio en escarlata,* donde introdujo a su legendario detective, Sherlock Holmes. La historia fue publicada por primera vez en 1887 por *Beeton's Christmas Annual* y posteriormente fue publicada otra vez en forma de libro por Ward, Lock & Company Limited of London (1888). Curiosamente, al principio ACD había tenido el propósito de titular esta historia *A Tangled Skein* y utilizó dos personajes principales llamados Sherrinford Holmes y Ormond Sacker. Sin embargo, al pensar que éstos no eran muy adecuados, los cambió por Sherlock Holmes y el Dr. John Watson. El nombre de Watson se derivaba probablemente de un tal Dr. James Watson, que estaba presente cuando ACD se inició como masón el 26 de enero de 1887 (Portsmouth Lodge núm. 257).

El 28 de enero de 1889, Louise Conan Doyle dio a luz al primero de sus hijos, una niña llamada Mary Louise Conan Doyle. En el mes de agosto de ese mismo año, ACD asistió a una velada literaria en Londres, ofrecida por un editor americano que deseaba reclutar escritores británicos para su revista. Como resultado directo, ACD escribió su segunda historia sobre Holmes titulada *El signo de los cuatro*.

En 1891, ACD abandonó Southsea y viajó hasta Viena con la intención de estudiar oftalmología. Sin embargo, el plan fracasó, de modo que, a cambio, se trasladó de nuevo a Londres y abrió su propia consulta. El negocio iba lento, así que decidió abandonar del todo la medicina y convertirse en escritor a tiempo completo.

'¡Levántese, Sir Arthur!'

En enero de 1891, George Newnes fundó una revista llamada *The Strand Magazine* (editada por Herbert Greenhough Smith hasta 1930). Newnes había fundado previamente *The Westminster Gazette* (1873), *Tit-Bits* (1881) y *The Wide World Magazine* (1888). Más tarde también fundó *Country-Life* (1897). Hay que señalar que Newnes publicó muchas de las historias de Sherlock Holmes escritas por ACD después de 1891 y que le unían lazos estrechos con Devon. Por ejemplo, en 1887 Newnes financió la construcción de una vía férrea innovadora en un acantilado que aún conecta Lynton y que se basa en un principio de contrapeso de agua (inaugurada el lunes de Pascua de 1890). También obtuvo una autorización del Parlamento que permitió la construcción de la línea de ferrocarril entre Lynton y Barnstaple (inaugurada en 1898). Posteriormente, Newnes financió la construcción del ayuntamiento de Lynton que lleva su piedra conmemorativa y una dedicación en el busto (inaugurada el 14 de agosto de 1900). Baronet George Newnes falleció a la edad de 51 años en su mansión llamada Hollerday House en Lynton el 9 de junio de 1910. Está enterrado en 'el viejo cementerio', cerca del Valley of Rocks. El 4 de agosto de 1913, estando la mansión Hollerday House vacía, fue destruida en un incendio provocado supuestamente por sufragistas (fue demolida poco después de la Segunda Guerra Mundial).

Durante el mes de julio de 1891, *The Strand Magazine* publicó una aventura de Sherlock Holmes titulada *Un escándalo en Bohemia*. Ésta demostró tener tal éxito que a ACD le encargaron escribir otras once historias cortas de Sherlock Holmes que fueron publicadas mensualmente en *The Strand Magazine* entre agosto de 1891 y junio de 1892. En octubre de 1892, las doce historias fueron publicadas de nuevo en un libro titulado *Las aventuras de Sherlock Holmes* (Londres: George Newnes). Cada una de estas historias estaba ilustrada por un artista llamado Sidney Paget; ACD recibió entre 35 y 50 libras por historia. Sin embargo, sobre el mes de noviembre en 1891, ACD ya estaba cansado de Sherlock Holmes y advirtió en una carta a su madre que estaba pensando en 'asesinar Holmes al fin y liquidarlo de una vez para siempre'.

Durante el mes de febrero de 1892, a ACD le ofrecieron 1.000 libras por escribir una segunda serie de historias de Sherlock Holmes para *The Strand Magazine*. Posteriormente, en el mismo año, ACD viajó con su familia a Noruega donde esquió por primera vez. Tras su regreso a Inglaterra, a Louise le diagnosticaron tuberculosis y le dieron tan sólo unos pocos meses de vida. ACD llevó a su mujer a Davos, en Suiza, donde parecía que el clima aliviaba los síntomas. Pese a su enfermedad,

Louise dio a luz a un hijo sano al que se llamó Arthur Alleyne Kingsley Conan Doyle el 15 de noviembre de 1892 (a quien la familia llamaría 'Kingsley').

El 16 diciembre de 1892, ACD asistió a una cena en el Reform Club de Pall Mall. Esta cena fue organizada para celebrar la publicación pendiente de la edición número 100 de un periódico de estudiantes de la universidad de Cambridge, *The Granta*. ACD se sentó junto a un camarada miembro del Reform Club, llamado John Robinson, que era director del *Daily News* y también tío de Bertram Fletcher Robinson (véase el capítulo 3). Ambos eran amigos de un invitado y miembro del Reform Club llamado Thomas Wemyss Reid, director de *Leeds Mercury*, al que Sherlock Holmes hace referencia en *El perro de los Baskerville* (Londres: George Newnes, 1902).

En diciembre de 1893, ACD 'exterminó' a Sherlock Holmes en las cataratas de Reichenbach en Suiza en una historia titulada *La aventura del problema final* con la que concluía la segunda serie de historias en *The Strand Magazine*. Más tarde, esta publicación por entregas se compiló y republicó en un libro titulado *Las memorias de Sherlock Holmes* (Londres, George Newnes, 1893).

Entre el 2 de octubre y el 8 de diciembre de 1894, ACD hizo un viaje por Norteamérica con su hermano más pequeño llamado John Francis Innes Hay Doyle (a quien sus amigos y su familia llamaban 'Innes'). El 3 de noviembre de 1894, ACD escribió a John Robinson desde Amherst House, Amherst, Massachusetts. A Robinson le habían nombrado Caballero recientemente y había sido elegido para el comité del Reform Club. En su carta ACD habló de las primeras cinco semanas de su primer viaje de conferencias por Norteamérica y detalló los planes para su regreso a Inglaterra. Comienza de esta manera:

QUERIDO ROBINSON

> ¿Puedo convertirte en mi portavoz para transmitir mis calurosos recuerdos a los amigos del Reform, sobre todo a Payn y Reid?

Hay que señalar que ACD raramente se dirigía a sus amigos por el nombre de pila. Este mismo saludo formal fue usado después en dos agradecimientos que fueron publicados en las primeras ediciones del libro de *El perro de los Baskerville* (véase el capítulo 3).

ACD regresó de América a Inglaterra el 15 de diciembre de 1894. Poco después, *The Strand Magazine* publicó la primera de una serie de historias cortas de ACD describiendo a un nuevo héroe llamado brigadier Etienne Gerard.

Durante 1895, el autor Grant Allen sugirió a ACD que el aire de Surrey podría favorecer la salud de Louise. Posteriormente, ACD compró un terreno en Hindhead e hizo planes para que un amigo, el arquitecto Joseph Henry Ball, diseñara una casa. Fue terminada en octubre de 1897 y llamada Undershaw.

Durante todo el verano de 1895, ACD y Louise estuvieron de vacaciones en Suiza. En enero de 1896, ACD realizó la primera parte de una publicación por entregas de doce partes de una novela titulada *Rodney Stone,* publicada en

The Strand Magazine. En el mismo mes, ACD y Louise embarcaron en un crucero por el Nilo entre Egipto y Sudán. Durante este viaje, estallaron unas hostilidades breves entre los británicos y los derviches. ACD actuó de corresponsal de Guerra para *The Westminster Gazette*. Esta experiencia le sirvió de inspiración para su dramática historia del desierto *The Tragedy of the Korosko* publicada por primera vez en *The Strand Magazine* en 1897. Los Conan Doyle regresaron a Hindhead en abril de 1896, pero Undershaw aún no estaba finalizada. Por lo tanto, ACD primero alquiló una casa llamada Grayswood Beeches en Haslemere y después se mudó al cercano hotel Moorlands.

Entre el 8 de enero y el 5 de marzo de 1897, la novela de ACD *Uncle Berna*c fue publicada por entregas en *The Manchester Weekly Time*s. Durante febrero del mismo año, ACD viajó a Devon para conocer a la familia de una mujer con la que su hermano Innes, de 23 años, pretendía casarse. La muchacha en cuestión era probablemente Dora G. Hamilton, de 20 años de edad, quien residía con sus padres y una gran servidumbre en Retreat Mansion en Topsham (hoy parte de Exeter). El padre de Dora era Alexander Hamilton, un terrateniente destacado. En todo caso, no hubo boda. Innes más tarde se casaría con Clara Schwensen, una danesa, el 2 de agosto de 1911.

El 15 de marzo de 1897, con 37 años de edad, ACD acudió a una fiesta en Londres y conoció a la mujer que se convertiría en su segunda esposa, Jean Leckie (véase la ilustración 5). Jean, de 24 años, era la hija de una familia escocesa que vivía en Blackheath, Kent. Era instruida, una amazona experta y una cantante de opera formada. Era una relación de amor verdadero, pero varias cartas personales y otros documentos revelan que la relación entre ACD y Leckie fue primeramente sólo platónica. De hecho, ACD continuó cuidando y queriendo a Louise hasta su muerte en 1906. La familia y los amigos de ACD estaban naturalmente divididos en cuanto a Jean Leckie, pero muchos la aceptaron en su círculo.

Durante el mes de octubre de 1899, comenzó la Segunda Guerra de los bóers (1899-1902) en Sudáfrica y ACD intentó alistarse en el regimiento del Middlesex Yeomanry. Sin embargo, las autoridades militares le rechazaron por la edad y su estado de salud. A pesar de este revés, a finales de febrero 1900, ACD fue en barco a Sudáfrica con el fin de tomar posición del puesto de médico voluntario en el hospital Langman de Bloemfontein. Durante el servicio allí contrajo disentería y también sufrió un nuevo brote de fiebre tifoidea. En julio del mismo año, un debilitado ACD regresó a Inglaterra en compañía de Bertram Fletcher Robinson a bordo del *SS Briton*. En octubre de 1900, Smith, Elder y compañía publicaron *The Great Boer War*, un libro que ACD actualizó constantemente. Cuando la guerra concluyó finalmente en 1902 había alcanzado al menos las dieciséis ediciones.

Durante el verano de 1900, ACD jugó en el Marlyebone Cricket Club (M.C.C.) contra el London County en el Palacio de Cristal de Londres. Durante este juego consiguió su única meta fenomenal contra el famoso jugador de criquet nacido en Bristol, William Gilbert 'WG' Grace (por entonces de 52 años de edad). Más adelante, en ese mismo año, ACD fue el futuro candidato parlamentario unionista liberal y conservador sin éxito para Edimburgo Central.

El 31 de marzo de 1901, Louise Doyle y su madre, Emily Hawkins se alojaron en la Boarding House de Bolton, Tor Church Road, Torquay; mientras ACD se hospedó con su madre y Jean Leckie en el hotel Ashdown Forest en Forest Row cerca de East Grinstead, en Sussex. Los dos hijos de ACD, Mary de 12 años y 'Kingsley' de 8, permanecieron en Undershaw con su tía Emily, una de las hermanas de Louise.

El 26 de abril de 1901, ACD y Bertram Fletcher Robinson disfrutaron de tres días de vacaciones para practicar el golf en el hotel Royal Links de Cromer, Norfolk. Cuatro semanas después, los dos hombres visitaron juntos Dartmoor y se alojaron en el hotel Duchy de Princetown. Por el mes de septiembre de 1901, ACD había escrito *El perro de los Baskerville,* 'resucitando' de esta manera a Sherlock Holmes. Se han hecho, al menos, 19 largometrajes y muchas más adaptaciones para la televisión (véase capítulo 3) sobre esta historia basada en gran parte en Devon.

Durante 1902, ACD hizo constancia de su opinión sobre La Segunda Guerra de los bóers en un panfleto de seis peniques titulado *La guerra en Sudáfrica: sus causas y su desarrollo.* Esta obra estaba incitada probablemente por el creciente desasosiego público en el país sobre los informes extranjeros de supuestas atrocidades por parte de los británicos y del uso de campos de concentración. ACD no perdonó las condiciones en los campos británicos, pero argumentó que era necesario aislar a los bóers combatientes de las familias propietarias de tierras que apoyaban sus actividades. Tal defensa de la política británica en términos laicos le hicieron ganar una aclamación pública sin precedentes. El panfleto fue traducido a numerosos idiomas y vendido en cifras récord; ACD donó los ingresos generados a varias causas benéficas, incluido un fondo de reconciliación para los bóers perjudicados. La Segunda Guerra de los bóers finalizó en mayo de ese mismo año con la firma del "Tratado de Vereeniging".

El 9 de agosto de 1902, Eduardo VII fue coronado en la abadía de Westminster. El 24 de octubre del mismo año, Eduardo VII otorgó el título de Caballero a ACD ('Knights Bachelor') y también lo designó lugarteniente de Surrey. Oficialmente, ACD fue honrado por los servicios a su país durante la Segunda Guerra de los bóers. Sin embargo, hay que señalar que Eduardo VII era, según se decía, un aficionado ávido de Sherlock Holmes y que había asistido a una función de gala de la obra de teatro de William Gillette titulada *Sherlock Holmes,* el 1 de febrero de 1902 en el Teatro Liceo de Londres.

En 1903, ACD viajó a Birmingham y compró un automóvil de la marca Wolseley de diez caballos de potencia. Después de practicar un poco a manejarlo, optó por regresar conduciéndolo los 240 Km. hasta Undershaw. El mismo año también se publicó una segunda serie de las historias del *brigadier Gerard.* Entonces ACD fue persuadido para continuar con la reaparición de Sherlock Holmes y posteriormente escribió otras trece historias más que aparecieron en *The Strand Magazine* entre octubre de 1903 y diciembre de 1904 (ilustradas por Sidney Paget). Más adelante, estas historias fueron reunidas y publicadas en *El regreso de Sherlock Holmes* (Londres: George Newnes, 1905).

A comienzos de 1904, ACD fue invitado a ingresar en un selecto club del crimen de Londres con 12 miembros llamado 'Our Society'. Bertram Fletcher Robinson y Max Pemberton también fueron elegidos al mismo tiempo. El 18 de junio de ese mismo año, tanto ACD como Bertram Fletcher Robinson asistieron a una cena en el hotel Savoy de Londres que fue organizada en honor de Lord Roberts. El anfitrión de la cena fue Joseph Hodges Choate, el embajador americano en el Reino Unido. La lista de invitados incluía a numerosos dignatarios británicos, los cuales eran todos miembros de una sociedad anglo-americana titulada 'The Pilgrims'.

El 7 de abril de 1905, la universidad de Edimburgo concedió a ACD el título honorífico de Doctorado en Letras. El 19 de abril del mismo año, ACD visitó los escenarios de los famosos asesinatos en Whitechapel cometidos por 'Jack el destripador'. Iba acompañado por el Dr. Samuel lngleby Oddie (posteriormente forense de Su Majestad para Londres Central) y otros miembros de 'Our Society'.

En 1906, habiendo sido derrotado como candidato parlamentario unionista para la Hawick Division of the Scottish Borders, ACD se convirtió en abogado para la puesta en libertad de George Edalji quien, en su opinión, había sido injustamente condenado por mutilar ganado durante 1903. Edalji había sido sentenciado a cumplir siete años de trabajos forzados, pero fue indultado y puesto en libertad en mayo de 1907 gracias a los grandes esfuerzos de ACD.

Durante las primeras horas del 4 de julio de 1906, la primera esposa de Conan Doyle falleció a la edad de 49 años. Fue enterrada en el cementerio de Grayshot Churchyard cerca de la casa familiar de Hindhead. ACD se vió profundamente afectado por su muerte.

El 18 de octubre de 1906, Max Pemberton pronunció un discurso en 'Our Society' que fue titulado *An Attempt to Blackmail Me*. Justo dos días después, ACD, Bertram Fletcher Robinson, 'Innes' Doyle y otros dos amigos jugaron al golf en Hindhead, Surrey.

El 7 de enero de 1907, ACD visitó de nuevo Monkstown. Al parecer se había enamorado de una casa de campo llamada 'Little Windlesham' que era por entonces propiedad de una tal señora Scott-Malden (posteriormente ACD la compraría, la ampliaría y le pondría otro nombre). En ese mismo mes empezó a hacer campaña de forma activa para liberar de la cárcel a un tal George Edalji, que había sido condenado por mutilar ganado durante 1903. En consecuencia, ACD realizó viajes con frecuencia entre Undershaw y Londres para visitar el Ministerio del Interior, Scotland Yard y las oficinas de *The Daily Telegraph*.

El 21 de enero de 1907, murió a los 36 años de edad en Londres Bertram Fletcher Robinson, amigo de ACD. El servicio funerario se ofreció tres días después en la iglesia de San Andrés en Ipplepen, Devon. Se recibió una ofrenda floral con una dedicatoria que decía 'En cariñoso recuerdo a un viejo y apreciado amigo de Arthur Conan Doyle'. Más tarde, ACD recordaría que BFR era un 'compañero excelente, cuya muerte prematura fue una pérdida para el mundo'.

Una segunda familia y otros intereses

El 18 de septiembre de 1907, ACD se casó con Jean Leckie en la iglesia de Sta. Margarita en Westminster, Londres. El recibimiento tuvo lugar en The Whitehall Rooms del Hôtel Métropole, al cual asistió Max Pemberton y George Edalji. Durante la luna de miel, ACD recibió la Orden de Segunda Clase Medjideh del sultán Abdul-Hamid de Constantinopla, por entonces la capital de los otomanos.

A finales de 1907, los recién casados se trasladaron a Windlesham, Hurtis Hill, Crowborough. Fue aquí en su despacho (véase la ilustración 6) donde ACD escribió muchos de sus libros más importantes y perdurables: *Round the Fire Stories* (1908), *El mundo perdido* (1912), *The Poison Belt* (1913), *El valle del terror* (1915), *Su último saludo* (1917), *The British Campaign in France and Flanders* (1916-1920), *Tales of Adventure and Medical Life* (1922), *Recuerdos y Aventuras* (1924), *The Land of Mist* (1926), *El libro de casos de Sherlock Holmes* (1927) y *The Maracot Deep and Other Stories* (1929).

Durante 1908, ACD estuvo empleado en *Daily Mail* para informar sobre los Juegos Olímpicos que se estaban celebrando en el White City Stadium de Londres. Durante este evento fue testigo de la descalificación de un corredor de maratón italiano llamado Dorando Pietri por recibir atención médica y ayuda poco antes de cruzar la línea de meta en primer lugar. La reina Alexandra obsequió a Dorando con una copa de oro en reconocimiento a su esfuerzo y ACD posteriormente le regaló un cheque de 308 libras y una pitillera de oro.

Durante el mes de enero de 1909, ACD cayó seriamente enfermo por una obstrucción intestinal y se sometió a una operación en Windlesham. En marzo de ese mismo año Jean dio a luz a su primer hijo que se llamó Denis Percy Stewart Conan Doyle. Durante el verano, ACD ayudó a una enfermera nacida en Torquay, Miss Joan Paynter, a averiguar el paradero de su prometido danés desaparecido. Él no sólo pudo demostrarle su paradero, sino que además este marinero no merecía su cariño.

En la tarde del 18 de noviembre de 1909, como parte de una delegación en representación de la Asociación para la Reforma del Congo, la cual trataba de divulgar el reciente maltrato de la población por parte del rey Leopoldo II de Bélgica, dio una conferencia titulada *The Congo Atrocity* en Plymouth Guildhall. Iba acompañado de un miembro fundador, Edmund Dene Morel: un periodista británico, autor y político socialista. La reunión fue convocada a petición de John Yeo, por entonces alcalde de Plymouth, que también presidía la misma. Estuvo muy concurrida y la conferencia de ACD tuvo una acogida calurosa. Después de un voto de agradecimiento propuesto por William Littleton (alcalde de Devonport), ACD manifestó que regresarían con la sensación de que Westcountry estaba con ellos.

Ilustración 5. Jean Leckie.
COLECCIÓN TROY TAYLOR.

Ilustración 6. ACD en Windlesham.

Durante 1910, Jean dio a luz a su segundo hijo, Adrian Malcolm Conan Doyle. ACD fue elegido capitán del Crowborough Golf Club y presidente del Crowborough Gymnasium Club. También se interesó por el caso de Oscar Slater, un judío alemán que fue acusado de cometer un asesinato en Escocia. En un principio, Slater fue sentenciado a la horca, pero fue indultado y, a cambio, condenado a trabajos forzados de por vida en 1909. Gracias en parte a los esfuerzos de ACD, Slater fue puesto en libertad en 1927 y su condena se anuló posteriormente en 1928.

Entre el 7 de marzo y el 21 de marzo de 1910, ACD y Jean pasaron dos semanas de vacaciones en Cornwall, durante las cuales se hospedaron en el hotel Poldhu, Mullion, cerca de Helston. Hay que señalar que poco después de esta visita ACD escribió una aventura de Sherlock Holmes basada en Cornwall, *The Devil's Foot*. Esta historia fue publicada por primera vez en *The Strand Magazine* en diciembre de 1910.

Durante abril de 1910, ACD se interesó por el caso de Oscar Slater, un judío alemán, que había sido acusado de cometer un asesinato en Escocia. En un principio, Slater fue sentenciado a morir en la horca, pero le conmutaron la pena por cadena perpetua en 1909. Gracias en parte a los esfuerzos de ACD, Slater fue liberado de la cárcel en 1927 y la sentencia anulada en 1928.

ACD relató que, alrededor de 1910, fue nombrado capitán del equipo "Marlyebone Cricket Club", que participó en varias giras anuales de cricket de Devon. Los jugadores participaron en partidos de equipos locales incluidos Plymouth, Exeter y Devonshire.

En 1911, Lady Conan Doyle fue nombrada capitana de la sección femenina del Crowborough Golf Club. Probablemente, Jean era, como la mayoría de las otras capitanas, un miembro no jugador. También en 1911, el hermano pequeño de ACD, Innes, se casó con una danesa llamada Clara Schwensen de Copenhage y ACD condujo un vehículo Dietrich-Lorraine en el Prince Henry's Tour (una carrera de motor anglo-germana en la que no ganaron los británicos). Hacia finales de 1911, ACD relató el hallazgo de huellas fósiles cerca de Windlesham, un molde de esta huella aún se puede ver en el Tunbridge Wells Museum de Kent.

Al año siguiente, ACD fue responsable del Comité Olímpico Británico encabezando los Juegos de Berlín de 1916, que nunca se llegaron a organizar debido al comienzo de la Primera Guerra Mundial. ACD también introdujo un nuevo personaje llamado profesor Challenger en una publicación por entregas titulada *El mundo perdido*, que apareció por primera vez en *The Strand Magazine* entre abril y noviembre de 1912. Una película muda sobre esta historia fue la primera en proyectarse durante un vuelo, el cual salió del aeródromo de Croydon el martes 7 de abril de 1925. El 21 de diciembre de 1912, Jean dio a luz a una hija llamada Jean Lena Annette Conan Doyle (posteriormente comandante del aire *Dame* Jean Conan Doyle, *Lady* Bromet).

En 1913, ACD hizo una campaña a favor del enlace entre Inglaterra y Francia mediante un túnel (tendrían que pasar otros 81 años hasta que se construyera uno). En el mismo año organizó una búsqueda de seis *half-sovereign* (monedas de oro) en el campo de golf de Crowborough. Durante abril de 1913, ACD pronunció un discurso a la Liga Nacional para la Oposición del Voto Femenino en Tunbridge Wells. Poco después, los sufragistas derramaron ácido en el buzón de cartas por fuera de Windlesham; posteriormente un policía se estacionaría con frecuencia en la puerta de la casa de ACD.

Durante 1914, ACD inauguró la sala de instrucción de la unidad *G2 Crowborough Company of the 5th Battalion Royal Sussex Regiment*. Entonces inició en una gira de dos meses por los Estados Unidos y Canadá. No mucho después de su regreso estalló la Primera Guerra Mundial y formó una unidad de guardia nacional local de voluntarios. Este cuerpo fue reemplazado posteriormente por el 4º Batallón de Voluntarios oficial del Royal Sussex, en el cual ACD sirvió como soldado raso.

En marzo de 1915, los Conan Doyle estuvieron dos semanas de vacaciones en Torquay, hospedándose en The Grand Hotel. Durante la tarde del 27 de marzo, ACD dio una conferencia ilustrada titulada *The Great Battles of the War* en The Pavilion en el paseo marítimo. Este encuentro fue presidido por un Miembro del Parlamento local, el coronel Charles Rosdew Burn. ACD describió los acontecimientos que rodearon el comienzo de la Primera Guerra Mundial a través de la Primera Batalla de Ypres (19 de octubre – 22 de noviembre, 1914). Pagó un 'alto tributo a los Devon' (The Devonshire Regiment) e instó a los jóvenes a esforzarse para que dieran 'el rico su dinero, el trabajador su trabajo, y las mujeres sus maridos e hijos.'

ACD hizo campaña a favor del indulto de Sir Roger Casement, un miembro fundador de la Asociación de Reforma del Congo, quien había sido sentenciado a muerte por alta traición después de Dublin Easter Rising del 24 de abril de 1916. En esta ocasión, su intervención falló y Casement fue ahorcado en la prisión de Pentonville. En el mismo año ACD anunció su conversión completa al espiritualismo en un artículo publicado en una revista parapsicológica, *Light*. ACD más tarde manifestó que el 'objeto de la investigación parapsicológica es uno sobre el cual he pensado más y sobre el que formar mi opinión me ha llevado más tiempo que para cualquier otra materia.'

El 28 de octubre de 1918, el hijo mayor de ACD, el capitán Arthur Alleyne Kingsley Conan Doyle, murió de una neumonía de posguerra, habiéndose visto debilitado por las heridas sufridas durante la Batalla del Somme. Apenas cuatro meses después, el hermano de ACD, el General de brigada Innes Doyle, también fallecía de neumonía.

Los años crepusculares

En la tarde del 4 de agosto de 1920, ACD dio una conferencia titulada *Death and the Hereafter* en el hipódromo de Exeter. Esta reunión fue presidida por F. T. Blake, el presidente de la Unión de los Condados del Sur de Espiritualistas. La tarde siguiente ofreció la misma conferencia en el ayuntamiento de Torquay a un auditorio ampliamente comprometido con las mujeres. En esta ocasión la reunión fue presidida por un tal Henry Paul Rabbich, el por entonces presidente de la Sociedad de Espiritualistas de Paignton y vicepresidente de la Unión de los Condados del Sur de Espiritualistas. ACD más tarde recordó que el ayuntamiento 'estaba cerca de una iglesia; justo cuando empecé a hablar comenzaron a sonar las campanas, y me tuve que gritar todo el tiempo.' Durante esta visita, ACD se alojó con Rabbich en su casa llamada 'The Kraal', que está situada en el número 5 de Headland Grove, Preston, Paignton. Rabbich era también un constructor local destacado y masón (Torbay Lodge Núm. 1358).

El 11 de agosto de 1920, ACD viajó en barco hacia Australia donde ofreció otra serie de conferencias sobre el espiritualismo. Durante este viaje ACD supo que su madre, Mary Doyle, había muerto el 30 de diciembre de 1920. En el transcurso de los siguientes tres años ACD continuó dando conferencias sobre el espiritualismo en Nueva Zelanda, Francia, Inglaterra, Escocia, los Estados Unidos de América y Canadá.

El 20 de febrero de 1923, ACD y su mujer regresaron a Devon por última vez. Residieron en el hotel Victoria, en Belgrave Road, Torquay. La tarde siguiente ACD ofreció una conferencia en The Pavilion titulada *The New Revelation,* la reunión estuvo presidida por G. H. Tredale, por entonces alcalde de Torquay. El 22 de febrero de 1923, ACD y su mujer viajaron a Plymouth para alojarse en el Grand Hotel. La tarde siguiente ACD ofreció la misma conferencia al público reunido en el ayuntamiento de Plymouth. El encuentro estuvo presidido por un tal W. H. Watkins en nombre de Solomon Stephens, el por entonces alcalde de Plymouth. Es interesante advertir que el Grand Hotel está situado cerca de Elliot Terrace donde ACD había vivido con el Dr. George Turnavine Budd en 1882. Esto puede explicar el motivo por el que estaba inspirado a escribir detalladamente sobre esta experiencia en su autobiografía, *Recuerdos y Aventuras* (publicada por entregas en *The Strand Magazine* entre octubre de 1923 y julio de 1924).

Durante 1924, ACD se interesó por el llamado 'asesinato del gallinero'. Este crimen fue cometido en Blackness, Crowborough y un tal Norman Thorne fue declarado después culpable. ACD tuvo la impresión de que esta sentencia era dudosa porque estaba basada principalmente en indicios. Presentó estas dudas a la prensa mediante cartas, pero todo fue en vano: Thorne fue ahorcado en la prisión de Wandsworth el 22 de abril de 1925.

Entre octubre de 1921 y abril de 1927, *The Strand Magazine* publicó la última colección de las historias cortas de Sherlock Holmes. Estas historias fueron reunidas y publicadas nuevamente como *El libro de casos de Sherlock Holmes*, que fue publicado por John Murray en junio de 1927. Generalmente se reconoce que esta colección de cuentos final es la más floja de todas las historias de Holmes.

Durante 1929, ACD recorrió las capitales más importantes de Europa. Regresó a casa exhausto y poco después sufrió un ataque al corazón. Sin embargo, el 1 de julio de 1930 llevó una delegación al Ministro del Interior para promocionar la causa del espiritualismo. Pero la realización de conferencias se convirtió en un gran esfuerzo para su salud, lo que obligó a ACD a descansar. Se reanimó un poco en la primavera, pero sufrió otro colapso y se resignó a esperar a la muerte que, por supuesto, percibió como un nuevo comienzo, no como el final. En efecto, advirtió en una carta: 'Espero con mi espíritu que está lleno de satisfacción, he tenido muchas aventuras. La mayor y más gloriosa me aguarda ahora.'

El ataque fatal al corazón de ACD le sobrevino en su dormitorio, cerca de su despacho del primer piso. A petición propia, le sostuvieron en una silla, mirando por una ventana hacia su vista favorita del pueblo y del campo de golf de Crowborough. Sus hijos, Denis y Adrian, se apresuraron para ir a Tunbridge Wells a buscar oxígeno (imposible de obtener en Crowborough en esta época) pero no sirvió de nada. A las 8:17a.m. del 7 de julio de 1930, ACD falleció en su querida casa de Windlesham en Crowborough, rodeado de muchos miembros de su familia.

El 11 de julio de 1930, después de un funeral breve, ACD fue enterrado en el jardín de Windlesham. El marcador original de la sepultura estaba hecho de roble británico y la inscripción simplemente decía 'Rectitud de espada, temple de acero', que fue corregida en la nueva lápida por 'Temple de acero, rectitud de espada'. La sepultura de ACD estaba cerca de su cabaña para escribir bajo un haya cobriza. Muchísimos dignatarios nacionales y locales asistieron al funeral y al oficio religioso que fue ofrecido en el Albert Hall de Londres el 13 de julio.

La señora Jean Conan Doyle continuó viviendo en Windlesham hasta su muerte el 27 de junio de 1940. Fue enterrada al lado de Sir Arthur. Cuando se vendió la finca de Windlesham en 1955, los dos cuerpos fueron exhumados y enterrados nuevamente en el cementerio de la iglesia de Todos los Santos de Minstead, Hampshire, cerca de una de las antiguas casas de ACD en Stoney Cross en el New Forest (véase la ilustración 7).

Ilustración 7. Sepultura de ACD y de la segunda señora Conan Doyle.

CAPÍTULO DOS

Dr. George Turnavine Budd
(3 de noviembre de 1855 – 28 de febrero de 1889)

Ilustración 8. Dr. George Turnavine Budd.
CORTESÍA DE MACDONALD & JANE'S (LONDRES).

Introducción

El doctor George Turnavine Budd (a continuación GTB) tenía una personalidad extremadamente carismática. Durante la década de 1880 se convirtió en un médico muy conocido en la zona de East Stonehouse de lo que es ahora la ciudad de Plymouth (véase la ilustración 8). Al igual que Bertram Fletcher Robinson, quien también estuvo viviendo en Devon en esta misma época, GTB es recordado principalmente por su asociación con ACD. Sin embargo, GTB tenía una personalidad impresionante y, si hubiese superado la treintena de años, seguramente su nombre se habría hecho mucho más popular.

Desafortunadamente se ha tendido a confundir a GTB con otros miembros de su familia, en particular con dos de sus tíos, el Dr. George Budd y el Dr. John Wreford Budd. En el caso del primer tío, la confusión parece que se debe obviamente a que tenían el mismo nombre y la misma profesión. La confusión con el segundo tío se debe quizás al hecho de que ambas personas ejercieran medicina en la zona de Plymouth con una década de diferencia entre ambos y a que cada uno adquiriera una reputación bien merecida por su comportamiento excéntrico con los enfermos. Además, en 1858 un tercer tío llamado Dr. Samuel Budd, de Exeter, tuvo un hijo al que llamó George. Este George Budd decidió estudiar medicina a comienzos de la década de 1880 como hiciera su abuelo, su padre, seis tíos suyos y, al menos, dos primos antes que él, uno de los cuales era GTB.

La asociación entre GTB y ACD se inició mientras los dos estudiaban medicina en la universidad de Edimburgo durante 1879. El hecho de que GTB estuviera en su último año y fuera unos cuatro años mayor que ACD fue decisivo. GTB empleó posteriormente a ACD para trabajar en su consulta de la acaudalada ciudad de East Stonehouse. Durante su breve asociación médica, ACD vivió con GTB y su joven esposa en un apartamento espléndido con vistas a Plymouth Hoe. Sin embargo, ACD estaba preocupado por el enfoque poco ortodoxo que su socio tenía de la medicina y se fue pronto, pese a que este hecho lo pusiera en una situación financiera y profesional precaria.

Realmente hay algo extraño en la relación de ACD con GTB. Si bien ACD con frecuencia era franco en su modo de ser con otros, en su trato con GTB era todavía muy prudente. Por ejemplo, el 22 de febrero de 1923, ACD visitó de nuevo Plymouth y se hospedó en el Grand Hotel, justo a unos metros de donde había vivido antes con GTB. Este viaje le evocó sin duda algunos recuerdos, porque en noviembre de 1923 ACD publicó un artículo titulado *My First Experiences in Practice* en *The Strand Magazine*. En octubre de 1924, se publicó de nuevo una versión ligeramente revisada de este artículo como capítulo sexto de su autobiografía. En ambos casos, ACD usó el seudónimo de 'Dr. James Cullingworth' para referirse a GTB, a pesar de que su antiguo amigo y socio había muerto unos 35 años atrás. Se ha sugerido que ACD adoptó este planteamiento con el fin de proteger la reputación de los descendientes de Budd. Este capítulo pretende hacer una ampliación más allá de lo que ya se conoce sobre GTB y el tipo de relación con ACD.

Amigos y socios

GTB nació el 3 de noviembre de 1855 en el número 28 de Park Street, Clifton, Bristol (la actual librería Blackwell en el número 89 de Park Street). Era uno de los nueve hijos de un médico eminente de éxito, el Dr. William Budd, y su mujer, Caroline (de soltera Hilton). Tanto GTB como su hermano mayor Arthur James Budd (14 de octubre de 1853 – 27 de agosto de 1899) empezaron su formación escolar en el Clifton College. El 4 de octubre de 1872, Arthur fue admitido en el Pembroke College de Cambridge para estudiar y obtener la titulación *Tripos degree (B.A)*. Poco después, William Budd desarrolló una enfermedad cerebral crónica de la cual nunca se llegó a recuperar del todo. En 1877, Arthur obtuvo su título y se trasladó brevemente a Edimburgo donde GTB ya estaba estudiando medicina.

Ilustración 9. Edinburgh Wanderers
Rugby Football Club 1876-77
(George Turnavine Budd de pie, segundo por la derecha).
COLECCIÓN PATRICK CASEY.

Hasta el final de su carrera de medicina (1875/1880), GTB jugó al rugby para el club escocés Edinburgh Wanderers (véase la ilustración 9). Durante la temporada de 1877-78, Arthur Budd también representó a los Edinburgh Wanderers y fue elegido capitán. Poco después, GTB parece tener seguro un puesto como ayudante médico en Londres y alquiló una habitación a un tal Henry Henly en el número 11 de Craven Street, The Strand, Westminster. Entretanto, Arthur también viajaba a Londres y se matriculó como estudiante de medicina en la facultad del hospital S. Bartolomé. Entre el invierno de 1878 y la primavera de 1879, los dos hermanos Budd jugaron al rugby para un club local llamado Blackheath (véase la ilustración 10).

Ilustración 10. El Blackeath Rugby Football Club 1877/78 que incluía a George Turnavine Budd y a Arthur James Budd.
COLECCIÓN PATRICK CASEY.

Durante 1879, GTB se enamoró de una huérfana de 17 años pupila de la iglesia llamada Kate Russell. Residía en un orfanato dirigido por un tal Charles Chapman en el número 12 de Percy Villas, Norwood, Londres. Kate había nacido en 1862 en Windsor, Berkshire, y su padre fallecido había sido un oficial del ejército llamado Major Gustavius Russell.

El 21 de septiembre de 1879, GTB se casó Kate, menor de edad, en un registro civil de The Strand, esta ceremonia fue conducida por un tal John Jeffrey (secretario superintendente) y asistieron dos testigos independientes llamados Anthony Holt y Charles Greene. GTB declaró en falso que era "ingeniero civil" y Kate, que tenía dieciocho años. Hay que señalar que el tío de GTB, el Dr. George Budd, se había casado anteriormente con una tal Louisa Matilda Russell (1854) y que después residieron 10 años en Londres. Por lo tanto, ¿quizás Kate Russell estaba ya emparentada con la familia Budd?

En octubre de 1879, GTB regresó a Edimburgo con su joven esposa e hizo amistad con ACD. ACD escribió posteriormente que la boda de los Budd había causado un "escándalo". También relató que los recién casados habían elegido el destino para la luna de miel buscando en *Bradshaw's Railway Companion* un lugar que ninguno de ellos había visitado antes. Según dicen, GTB intentó disfrazarse tiñéndose el pelo de negro, pero no llegó a cubrir uniformemente, lo que produjo un llamativo efecto a rayas que no se cayó durante años. Los recién casados alquilaron después 'cuatro habitaciones pequeñas en lo alto de una tienda de ultramarinos' en Edimburgo y ACD tenía que sentarse sobre pilas de libros de medicina durante las visitas a su casa escasamente amueblada.

Durante la temporada de rugby 1879/80, GTB emuló a Arthur Budd siendo elegido capitán de Edinburgh Wanderers. En el transcurso de esa temporada, el Edinburgh Wanderers jugó ocho partidos, ganando sólo tres y perdiendo cinco. Evidentemente, ACD acudió en ocasiones a estos partidos porque observó que GTB salía 'un poco desaventajado por la furia con la que jugaba'. Entretanto, Arthur ya había jugado al rugby para Inglaterra en tres ocasiones e iba a jugar otras dos veces. Curiosamente, el partido internacional final de Arthur se jugó el 19 de marzo de 1881 (véase la ilustración 11), justo 13 meses antes de que GTB creara una asociación médica con el escocés de nacimiento ACD, quien hizo el siguiente comentario sobre la destreza para el rugby de los hermanos Budd en su autobiografía, aunque no se refirió a ninguno de los dos directamente por el nombre:

> Él [GTB] estaba a la altura del nivel de preparación internacional, y los especialistas consideraron a su hermano más joven [sic] el mejor delantero que nunca hubiese vestido el jersey con la rosa de Inglaterra.

Es interesante observar que ACD confundía las edades respectivas de los hermanos Budd en esta descripción. Esto quizás resulta comprensible teniendo en cuenta que estas líneas fueron escritas unos cuarenta y cuatro años después de conocer a GTB. Arthur Budd se convirtió en vicepresidente de la Rugby Football Union entre 1886 y 1888 y fue presidente de 1888 a 1890. Más tarde contribuyó a la fundación de la Sociedad de Árbitros de

Londres y fue elegido su primer secretario. En 1897 fue coautor de un libro titulado *Football* junto a Bertram Fletcher Robinson y otros para la Suffolk Sporting Series (véase capítulo 3). Probablemente esta colaboración fue impulsada por otro jugador de Blackheath llamado Percy Holden Illingworth, que era compañero de piso de Fletcher Robinson y testigo después en su boda.

El 9 de enero de 1880, William Budd falleció a los 68 años de edad debido a complicaciones originadas por la enfermedad cerebral que sufría desde 1873. No mucho después, su viuda, Caroline May Budd, abandonó West Country y vivió con su hijo mayor, Arthur Budd, en el número 32 de Charlesville Road, Fulham. Entonces Arthur fue empleado como abogado, previamente había abandonado sus estudios de medicina.

Durante el mes de agosto de 1880, GTB recibió el título de *Bachelor* en Medicina con sobresaliente y el título de *Master* en Cirugía en la universidad de Edimburgo. Decidió trasladarse a Bristol con el fin de hacerse cargo de la consulta de su padre en una época floreciente. Desafortunadamente, debido a la enfermedad crónica de William habían tenido que hacer viajes frecuentes a Francia, Suiza y los condados rurales ingleses para pasar temporadas de reposo. Quizás por este motivo, GTB pensó que la consulta se había hundido demasiado como para hacerla reflotar de nuevo, por lo que al poco se vió anegado de deudas. Irónicamente, en 1965 un 'William Budd Health Centre' se abrió en Knowle West, Bristol y es ahora una de las mayores consultas de la zona.

ACD recordó que GTB le envió un telegrama desde Bristol suplicándole que le proporcionara ayuda y consejo. En este momento ACD estaba trabajando de ayudante médico para el Dr. Reginald Hoare en Birmingham, aún así viajó a West Country con el fin de prestar ayuda a su amigo. ACD aconsejó a GTB que se entrevistara con sus acreedores, les explicara sus dificultades y les ofreciera que les pagaría después de empezar de nuevo en otro sitio. O bien los acreedores creyeron a GTB, o bien su familia adinerada acudió a ayudarle, porque al parecer sobre la primavera de 1882 había montado una consulta lucrativa en East Stonehouse, cerca de Plymouth.

Ilustración 11. El equipo de rugby de Inglaterra que jugó contra Escocia el 19 de marzo de 1881. Arthur Budd, con su "jersey de la rosa bordada" de pie, el tercero por la izquierda.
COLECCIÓN PATRICK CASEY.

La asociación médica

En junio de 1881 GTB arrendó una casa en el número 1 de Durnford Street en East Stonehouse, en el cruce con Barrack Place. Usó este sitio como consulta y parece que también residió allí varios meses con su joven esposa. Durante este período, Kate dio a luz a una hija a la que se llamó Margaret. El censo inglés de 1881 revela que GTB también arrendó una cochera y cuadras cercanas en el número 10 de Barrack Place. El sitio de la antigua consulta estuvo señalado hasta hace poco con una placa conmemorativa que fue robada en 2003 (véase la ilustración 12).

Ilustración 12. Placa que en un tiempo indicó la ubicación del número 1 de Durnford Street.

Esta placa indicaba erróneamente que la duración de la colaboración de ACD en la consulta fue superior a la real, por lo que aumentó la importancia que tuvo su estancia en Devon en su obra posterior, *El perro de los Baskerville*. Sin embargo, hay que señalar que, en esta historia, Sherlock Holmes alude a un periódico llamado el *Western Morning News*. ACD casi con toda seguridad leía un periódico regional titulado *The Western Morning News* durante su asociación de seis semanas con GTB en East Stonehouse en 1882.

Al parecer, el traslado a Durnford Street proporcionó una mejora en la suerte de GTB, dado que los documentos revelan que el 16 de noviembre de 1881 hizo su tercer arrendamiento alquilando una propiedad conocida como Higher Luxmore en Higher Leigham (cerca de Eggbuckland en las afueras de Plymouth). GTB acordó pagar un alquiler anual de 50 libras durante un período de tres años por esta finca que constaba de una casa grande, una cuadra, una cochera y más de tres acres de pastos. El alquiler se venció el 25 de diciembre de 1881, pero no se sabe si realmente residió en este domicilio alguna vez. En todo caso, ACD relata que durante la primavera de 1882, GTB le envió el siguiente telegrama:

> Comencé el pasado junio. Éxito colosal.
> Ven en el próximo tren si puedes. Mucho
> sitio para ti. Inauguración espléndida.

Evidentemente, GTB estaba deseando una respuesta inmediata a este mensaje porque rápidamente envió un segundo telegrama más exigente a ACD que decía:

El año pasado vi treinta mil pacientes. Mis ingresos actuales han superado las cuatro mil libras. Todos los pacientes vienen a mí. Ni siquiera cruzaría la calle para ver a la reina Victoria. Puedes hacer todas las visitas, todas las operaciones, todos los partos. Elige lo que quieras. Garantizo trescientas libras el primer año.

ACD era reacio a dejar su trabajo en Birmingham, pero se sentía obligado a probar la oferta. ACD viajó en tren a Plymouth a finales de la primavera de 1882 y fue recibido por un exuberante GTB en un impresionante carruaje en la estación. Este recibimiento debió ser notablemente diferente al que ACD había tenido a su llegada a Bristol hacía unos doce meses.

Desde la estación de trenes de Plymouth ACD fue conducido a la residencia de Budd en el número 6 de Elliot Terrace en Plymouth Hoe. Sin duda alguna entre el 16 de noviembre de 1881 y finales de la primavera de 1882, GTB había arrendado esta cuarta finca y se trasladó allí con su familia. ACD se quedó muy impresionado de esta mansión victoriana de seis pisos. Sin embargo, después de inspeccionarla más detalladamente, descubrió que el mobiliario lujoso se encontraba solamente en el pasillo del primer piso y que el resto de la casa estaba sin amueblar. GTB hizo creer a ACD que toda la casa era de él y que con el tiempo la restauraría. Los documentos ahora revelan que GTB simplemente arrendó esta propiedad junto con el Royal Western Yacht Club y el Grand Hotel cercanos. Cuando le mostraron a ACD su dormitorio, se encontró con que únicamente tenía una cama y una caja de embalar sobre la que había una palangana. GTB puso unos clavos en la pared para que ACD pudiera colgar su ropa.

ACD recuerda en su autobiografía que una noche ocurrió un incidente extraño después de cenar. GTB lo animó a sostener una moneda e inmediatamente le disparó un dardo con una pistola de aire comprimido. GTB exclamó triunfantemente que le había dado justo en el centro, pero ACD lo negó alargando el dedo con el dardo asomando como prueba. GTB se disculpó tanto que ACD se sintió obligado a tomarse a risa este incidente. Después de examinar lo que había considerado una moneda, encontró que tenía inscrito lo siguiente:

> Obsequiada a George Budd por su valentía como salvador, enero de 1879.

ACD le preguntó a GTB al respecto y supo que a su nuevo socio le habían regalado la medalla por salvar a un niño que se ahogaba. ACD casi se queda impresionado, pero GTB cerró con el tema rápidamente. GTB le contó que cualquiera podría sacar a un niño del agua, lo más difícil es hacerle entrar primero. GTB también añadió:

> Después están los testigos; cuatro chelines al día tuve que pagarles, y un cuarto de cerveza cada la noche. Ya ves, no puedes coger a un niño, llevarlo al borde de un muelle y tirarlo. Causaría todo tipo de problemas con los padres.

Más tarde, la joven Kate Budd le pidió a ACD que no hiciera mucho caso de los alardes de su marido. Afirmó que realmente le habían entregado la medalla a GTB por rescatar a un muchacho del hielo arriesgando su propia vida.

En otra ocasión, GTB propuso que él y Arthur podrían publicar un periódico que se llamaría Scorpion, de manera que podrían importunar al alcalde y a la corporación de Plymouth. GTB sugirió que ACD compondría una novela por entregas y que él, a su vez, haría los comentarios de política. El alcalde de Plymouth en esta época era un tal John Shelley, pero no está claro por qué GTB deseaba criticarle públicamente a él y otros funcionarios de la ciudad.

ACD también estaba sorprendido por la situación que se encontró en el número 1 de Durnford Street y 10 de Barrack Place. Los dos edificios estaban llenos hasta los topes de pacientes esperando. Muchas de estas personas eran probablemente antiguos pacientes del tío de GTB, el Dr. John Wreford Budd, quien había llevado una consulta conocida cerca en el número 5 de Princess Square hasta su muerte en 1873. No se puede subestimar la influencia ejercida por la familia Budd en círculos médicos en esta época. Un joven doctor, habiendo fracasado varias veces al poner su propia consulta en Devon, observó que uno tenía que hacerse 'buddista' con el fin de prosperar en el condado. El abuelo de GTB y varios de sus otros tíos también habían trabajado como médicos en Exeter y North Tawton (situados a siete millas al noreste de Okehampton).

ACD observó que GTB no tardaba en denigrar abiertamente a los pacientes. En cierta ocasión, según se dice, se negó a tratar a un paciente obeso porque comía y bebía demasiado. GTB le aconsejó que derribara de un golpe a un policía, fuera a prisión y regresase después de su puesta en libertad en el caso poco probable de que necesitase aún tratamiento. En otra ocasión, cuando le consultó una mujer que se quejaba de una 'sensación de hundimiento', le propuso que podría intentar tomar una copa de vino cada día y después tragarse el corcho porque '…no hay nada mejor que un corcho cuando se está hundiendo.' ACD pensó que la escena era mejor que cualquier obra de teatro.

ACD también estaba asombrado del cartel en la puerta de la consulta haciendo publicidad de la atención gratis. Preguntó a GTB cómo ganaba dinero y le contó que, mientras que la consulta era gratis, las medicinas no. Evidentemente, GTB recetaba profusamente medicamentos que generalmente preparaba y Kate Budd dispensaba allí mismo.

GTB facilitó una habitación a ACD para pasar consulta y le prometió dejarle todas las visitas a domicilio y las operaciones. Sin embargo, después de tres semanas, ACD sólo había ganado 53 chelines (2 libras, 12 doce chelines y 12 peniques) por lo que empezó a dudar de si podría ganarse la vida. GTB insinuó que ACD era demasiado tímido y que la gente esperaba que el doctor la intimidase. Sin embargo, este planteamiento de la atención al paciente no era del gusto de ACD.

La ruptura y sus repercusiones

GTB probablemente tenía aún deudas frente a sus acreedores en Bristol. Además, ACD era su nuevo socio en la consulta desde hacía poco y mantenía cuatro contratos de arrendamiento por las casas de Durnford Street, Barrack Place, Higher Leigham y Elliot Terrace. La tensión por estas obligaciones económicas que aumentaban continuamente debió tener alguna repercusión en la salud mental de GTB porque, en un estado de paranoia y abnegación, acusó a ACD de arruinar su negocio. ACD pensó que esto era excesivamente injusto y ofreció marcharse, pero GTB cayó enfermo, de modo que se quedó para llevar la consulta. GTB parecía estar agradecido y ofreció ayuda a ACD para iniciar su propia consulta médica en otro sitio. Sin embargo, sin saberlo ACD, los Budd habían interceptado regularmente las cartas que la madre le enviaba, Mary Doyle. Mary, quizás de forma intuitiva o deliberadamente, había expresado la opinión de que GTB era un estafador arruinado y un sinvergüenza. GTB no leía las respuestas defensivas que ACD enviaba a su madre y pensó equivocadamente que ACD pensaba lo mismo. Después forjó un plan para hacer girar las posiciones. Le ofrecería a ACD enviarle dinero, después interrumpiría la ayuda de manera que éste no pudiera más hacer frente a las deudas y se arruinara. Durante junio de 1882, un confiado ACD decidió abrir su propia consulta y 'fue a buscar a Tavistock en Devon, pero no pudo encontrar nada adecuado'. A cambio decidió finalmente embarcarse en un buque de vapor con destino a Portsmouth.

A finales de junio de 1882, ACD había abierto una consulta en el número 2 de Bush Villas en Southsea, Hampshire. GTB escribió a ACD acusándole de escribir comentarios hirientes a su madre. Afirmó que había leído trozos de una carta hecha pedazos que Kate Budd había encontrado en la habitación de ACD. Casualmente, ACD tenía la misma carta a la que GTB se refería en su bolsillo mientras leía la misiva de su antiguo socio. GTB entonces interrumpió la ayuda económica a ACD. Irónicamente, aunque a ACD le resultaba difícil ganarse bien la vida como doctor tanto en Southsea como después en Londres, los intentos malévolos de GTB no le ocasionaron tales dificultades económicas. En cierto sentido, fue favorable que el joven ACD experimentara dificultades, porque en consecuencia se puso a escribir para aumentar sus ingresos.

Después de la ruptura, la situación económica de GTB fueron de mal en peor. El 29 de septiembre de 1882, cedió el contrato de arrendamiento de Higher Luxmore y fue obligado a pagar 38 libras de compensación a su propietario, un granjero llamado Benjamin Butland de Leigham Barton, Eggbuckland. En 1885, GTB también había renunciado al alquiler de sus habitaciones en el número 6 de Elliot Terrace y se vio obligado a regresar con su familia en aumento al número 1 de Durnford Street. Esto debió ser una especie de vergüenza grave para un hombre que un día se propuso ir a casa a través del barrio comercial de Plymouth con los ingresos del día en la mano a plena vista de otros médicos. Este cambio dramático de suerte sin duda fue ocasionado por las deudas acumuladas que aumentaban por la merma de pacientes. La reducción del número de pacientes se debió probablemente a su costumbre de compensar la consulta gratis con la prescripción pródiga de medicamentos. Según se dice, GTB fue criticado por el forense local en más de una ocasión por su falta de atención a los efectos secundarios de los medicamentos, aunque nunca se presentó ningún caso contra él.

A GTB tampoco le iba bien en su vida privada. Durante los ocho años aproximadamente que Kate y él vivieron juntos en la zona de Plymouth tuvieron cinco hijos. Éstos fueron, por orden de nacimiento: Margaret (último trimestre de 1881), Iolanthe (primer trimestre de 1884), Kate (28 de noviembre de 1885), Mildred (7 de junio de 1887) y William (30 de abril de 1888). Kate murió justo una hora después del parto de 'congestión de los pulmones' y William (se le puso el nombre del padre de GTB) murió a los 5 días de nacer por 'debilidad de nacimiento'. GTB certificó el nacimiento y la muerte de su único hijo y estaba sin duda sufrió mucho cuando murió. William Budd fue enterrado en el cementerio de Ford Park, Mutley, Plymouth el 6 de mayo de 1888. Según se dice, por esta misma época, GTB estaba convencido de que alguien estaba intentando envenenarlo. En consecuencia, frecuentemente se sentaba a comer rodeado de aparatos complicados para probar antes la comida.

En enero de 1889, justo ocho meses después de la muerte de William, GTB, con 33 años escribió su última voluntad. Este documento lo firmó como testigo un abogado del barrio, John G. Hellard y su secretario, John Howard. Estos dos hombres estaban empleados en la empresa de Bewes, Hellard & Bewes en East Stonehouse. El 11 de febrero de 1888, Kate Budd pagó 6 libras al cementerio de

Ford Park en Plymouth por la propiedad absoluta de la tumba donde su hijo había sido enterrado. GTB falleció el 28 de febrero de 1889. Los acontecimientos anteriores hacen pensar que estaba enfermo, que no podía trabajar y que, por tanto, se esperaba su muerte.

La muerte de GTB fue certificada por el Dr. Henry Green (del número 117 de Edith Road, West Kensington, Londres) que se había graduado en el Queen's College de Birmingham en 1856 y era licenciado de la Sociedad de Boticarios. No se conoce exactamente el tipo de relación entre GTB y el Dr. Green. La causa oficial de su muerte está registrada como 'Morbus Cerebri' (enfermedad del cerebro). Cabe destacar que el padre de GTB (William) y el hermano (Arthur) también murieron de enfermedades ccrebrales a los 68 y 45 años de edad respectivamente. En 1995, el Dr. David Nigel Pearce, un médico de Torquay, sugirió que la causa de la demencia de GTB era o un tumor cerebral (meningioma) o, con más probabilidad, una neurosífilis (una enfermedad de transmisión sexual). La última posibilidad puede explicar en parte su aspecto llamativo, sus cambios de humor violentos y sus ataques de paranoia y depresión.

GTB fue enterrado en la misma tumba que su hijo fallecido poco antes. Los trabajos de conservación realizados hace poco por los empleados del cementerio en colaboración con los autores han revelado que la sepultura contiene un revestimiento derrumbado. El borde está compuesto de arena, cemento, pizarra y losas de cerámica que eran similares a las usadas en la fabricación de chimeneas victorianas. El personal del cementerio dedujo que este monumento probablemente fue de fabricación casera, apoyando además la tesis de que GTB padecía una enfermedad crónica que le impedía obtener ingresos suficientes antes de su muerte.

El 2 de marzo de 1889, la muerte de GTB fue anunciada en *The Western Morning News* y *The Times* el 4 de marzo de 1889. El 16 de marzo, se publicó una necrología breve en *The British Medical Journal*. Ésta recordaba que GTB había escrito tres artículos en la revista que se titularon *On Amyloid Degeneration*, *The Nature of Rheumatic Symptoms* y *Position of White Corpuscles*. El mismo artículo informa de que GTB había hecho otras contribuciones a *The Lancet* y que le sobrevivieron una viuda y cuatro hijos. No obstante, otras actas revelan que únicamente tres hijos sobrevivieron a su padre.

GTB había estipulado que un amigo llamado William Chilcott actuara como uno de los albaceas para su testamento. Chilcott era 'ingeniero jefe de flota' en el astillero de Su Majestad en Devonport. Probablemente había ayudado a GTB a formular muchas ideas ingeniosas para inventos, todas rechazadas posteriormente por la Junta de Almirantazgo local. Estos planes incluían el suministro de chalecos blindados a soldados y de aparatos magnéticos a los barcos de la marina para el desvío de las balas de cañón. El otro albacea era un tío abogado de GTB de Bristol, Francis Nonus Budd. Sin embargo, Francis renunció a esta responsabilidad tal vez por el matrimonio escandaloso de su sobrino.

La herencia de GTB fue verificada posteriormente en 565 libras 5 chelines 0 peniques brutas y 186 libras 18 chelines 1 penique netas. La gran diferencia entre estas dos sumas indica que hubo que realizar pagos considerables a los acreedores y que GTB falleció efectivamente en una situación de estrechez económica. Kate Budd fue nombrada beneficiaria universal de la herencia.

Después de la muerte de GTB, Kate Budd y sus tres hijas, Margaret, Iolanthe y Mildred, permanecieron en el número 1 de Durnford Street con un tal Dr William E. Corbett. *The Plymouth, Devonport and Stonehouse Street Directory* indica que el Dr. Corbett ejerció la medicina en esta dirección hasta aproximadamente 1899. Corbett fue elegido dos veces Presidente del Consejo del Distrito Urbano de Stonehouse (1902-1904 y 1913-1914) y supervisó la fusión de East Stonehouse con Plymouth el 1 de noviembre de 1914. Las mismas actas revelan que Kate y sus hijas abandonaron Durnford Street entre 1892 y 1893. No se sabe a dónde fueron en principio. Sin embargo, el censo inglés de 1901 recoge los datos de una mujer nacida en Berkshire de 39 años viuda, llamada Kate Budd, residente en el número 1 de Douglas Road, Lewisham. En el padrón indica que 'vive por sus propios medios' con dos hijas nacidas en Plymouth llamadas Margaret y Mildred, de 19 y 13 años de edad respectivamente. Se desconoce el destino de Iolanthe Budd, de 15 años.

¿Legado fascinante?

GTB parece haber causado una profunda impresión en ACD y figura en dos de sus obras, apenas disfrazado como el 'Dr. James Cullingworth'. La primera de éstas es *The Stark Munro Letters*, que fue publicada por Longmans, Green and Co. Ltd. en 1895. La segunda es la autobiografía de ACD, *Recuerdos y Aventuras,* a la que se hace referencia anteriormente. En esta obra se describe a Cullingworth de la siguiente manera:

> En persona medía aproximadamente 1 m 74 cm., perfectamente formado, una mandíbula de buldog, ojos hundidos inyectados de sangre, cejas sobresalientes y pelo amarillento y tieso como el alambre abundaba por encima de sus cejas. Había nacido para tener problemas y aventuras…

En 1912, ACD publicó *El mundo perdido* donde describe al personaje carismático, el profesor George Edward Challenger (véase la ilustración 13). Por lo general se piensa que Challenger estaba basado en el profesor William Rutherford, que había dado clases a GTB y a ACD en la Universidad de Edimburgo. El héroe y narrador de novela, Edward G. Malone, describe su primer encuentro con Challenger así:

> Su apariencia me dejó sin aliento. Estaba preparado para algo inesperado, pero no para una personalidad tan impresionante como ésta. Era su tamaño lo que quitaba la respiración; su tamaño y su presencia

imponente. La cabeza era enorme, la más grande que haya visto nunca en un ser humano. Estoy seguro de que su chistera, si me hubiese atrevido a ponérmela, me habría cubierto todo hasta los hombros. Tenía la cara y la barba que yo asociaría con un toro asirio; la primera, roja, la segunda, tan negra que casi parecía azul, con forma de espada y ondulaciones sobre el pecho. El pelo era peculiar, peinado por delante con fijador dejando un mechón largo y curvado sobre su enorme frente. Los ojos eran azules grisáceos bajo grandes mechones negros, muy lúcidos, muy críticos y muy dominantes. Una enorme anchura de hombros y un pecho como un tonel eran sus otras partes que asomaban por encima de la mesa, a parte de dos manos tremendas cubiertas de pelo negro y largo.

Pese a las diferencias físicas evidentes entre el profesor Challenger y 'Dr. Cullingworth' hay que señalar que los dos personajes comparten algunos rasgos similares en cuanto a la personalidad. Por ejemplo, Challenger tiene '…una voz bramante, rugiente, retumbante' y no anda con rodeos en su trato con los demás. Del mismo modo, Cullingworth tiende claramente a vejar a los pacientes profiriéndoles insultos. Tanto Cullingworth como Challenger se pueden considerar tambiénególatras científicos que son propensos a idear artilugios innovadores e ingeniosos. Por tanto, puede ser que ACD basara a Challenger hasta cierto punto en GTB, así como en Rutherford.

ACD publicó tres novelas del profesor Challenger: *El mundo perdido* (1912), *The Poison Belt* (1913) and *The Land of Mist* (1925). En un principio, las tres historias fueron publicadas por entregas en *The Strand Magazine* entre abril y noviembre de 1912, marzo y julio de 1913 y de julio de 1925 hasta marzo de 1926 respectivamente. A estos cuentos les siguieron otras dos historias breves tituladas *When the World Screamed* y *The Disintegration Machine,* que también hicieron su primera presentación en *The Strand Magazine* en abril y mayo 1928 y enero 1929 respectivamente. Estas dos últimas historias se publicaron nuevamente en julio de 1929 en *The Maracot Deep and Other Stories.*

Ha habido al menos siete películas que han destacado al personaje del profesor Challenger, además de una serie de televisión. La primera de éstas fue *El mundo perdido,* producida en 1925 y con Wallace Beery en el papel del profesor Challenger. El último largometraje, llamado *King of the Lost World,* fue producido en 2005 con Bruce Boxleitner en el papel de Challenger. Quizás el legado de GTB persiste a través de algunas de las características que presenta el profesor, así como a través del nombre de pila de este personaje.

Ilustración 13. El mundo perdido de Arthur Conan Doyle (Henry Frowde, Hodder y Stoughton, Londres 1914).

CAPÍTULO TRES

Bertram Fletcher Robinson (22 agosto 1870 – 21 enero 1907)

Ilustración 14. El equipo de rugby de 1893/94 de la universidad de Cambridge que incluía a Bertram Fletcher Robinson (sentado el segundo por la derecha).
CORTESÍA DE LA COLECCIÓN DE PATRICK CASEY.

Introducción

Bertram Fletcher Robinson (en lo sucesivo BFR) fue una persona destacable. Quizás se recuerde especialmente por su colaboración en la creación del argumento y los escenarios del libro más famoso de ACD, *El perro de los Baskerville* (1902). ¿Pero por qué ACD, un escritor de 42 años con éxito, debió elegir a BFR, un periodista de 30 años al parecer desconocido, para ayudarle con lo que apuntaba que iba a ser su legado literario más famoso?

De hecho, BFR ya había conseguido algo cuando comenzó su amistad con ACD a bordo del buque de vapor *Briton* en julio de 1900. Entre 1882 y 1890 asistió al Newton Abbot Proprietary College en Devon donde le premiaron en las asignaturas Sagradas Escrituras, lenguaje e historia (esta escuela se incorporó al Kelly College de Tavistock en 1940). Mientras estuvo en el 'Newton College', BFR también editó su propio periódico del colegio que se tituló *The Newtonian* (1887-1889). Entre 1890 y 1894, estudió en la universidad de Cambridge y ganó premios por representar a Jesus College en rugby y en remo. BFR también recibió un triple *'Blue'* de rugby (véase la ilustración 14) y casi llega a jugar en la selección nacional de Inglaterra. Durante 1893, fue nombrado redactor de un periódico de estudiantes llamado *The Granta* y terminó su carrera de Historia. Al año siguiente, BFR casi llega a ser elegido para la carrera anual de barcas de Oxford y Cambridge y también terminó la carrera de Derecho. El 17 de junio de 1896, BFR fue aceptado en el bufete de abogados *Inner Temple* habilitándose así como abogado. Durante 1897 empezó a escribir regularmente para *Cassell's Family Magazine* (posteriormente nombrada

Cassell's Magazine) y también obtuvo el Master of Arts de su universidad.

A principios de 1900, BFR fue empleado por Cyril Arthur Pearson para trabajar de periodista en Sudáfrica para el periódico *The Daily Express*. El 4 de abril de 1900, BFR envió su primer reportaje que se titulaba *Capetown for Empire* (publicado el 4 de mayo de 1900). Entre el 18 de febrero de 1893 y el 30 de junio de 1900, BFR escribió 19 poemas, 1 poema lírico, 1 comedia corta, 25 artículos extensos, 1 historia corta y trece artículos firmados. También escribió 1 libro, colaboró en otros 3 y preparó la publicación de 7 libros para la serie de *The Isthmian Library* sobre deporte y pasatiempos.

Poco después de su regreso a Inglaterra el 28 de julio de 1900, BFR fue ascendido para iniciarse como editor de *The Daily Express*. Durante 1904, BFR comenzó a escribir una serie de ocho historias cortas que se presentaron posteriormente como capítulos de un libro titulado *The Chronicles of Addington Peace*. Este libro figura en la lista *Queen's Quorum*, de las 106 (después 125) historias más importantes de detectives/crímenes que se hayan publicado. Sobre 1905 BFR había sido nombrado editor de una revista semanal influyente llamada *Vanity Fair*. Durante principios de 1906, BFR figuró como futuro candidato parlamentario del Partido Liberal para el distrito electoral de Mid-Devon. En noviembre de 1906, BFR fue nombrado editor de una revista semanal ilustrada titulada *The World – A Journal for Men and Women* que fue dirigida por Max Pemberton y pertenecía a Lord Northcliffe (Alfred Harmsworth).

El lunes 21 de enero de 1907, BFR murió por complicaciones debidas a la fiebre tifoidea (peritonitis), que había contraído los meses anteriores durante su visita a la Feria del Automóvil de París. Fue enterrado en iglesia de S. Andrés en Ipplepen el martes 24 de enero de 1907 y se ofreció al mismo tiempo una misa memorial en la iglesia S. Clemente Danes, The Strand, Londres. Entre las muchas personas que llevaron luto por la muerte de BFR se encontraban diez amigos cada uno de los cuales en su vida fue nombrado Caballero.

Durante los 6 años y medio transcurridos entre su salida de Ciudad del Cabo y su muerte, BFR escribió o colaboró en 3 libros, 5 poemas, 3 poemas líricos, 8 comedias cortas (cuatro con P. G. Wodehouse), 19 artículos extensos, 54 historias cortas y 115 artículos firmados. También preparó la publicación de otro libro para *The Isthmian Library* y escribió 1 artículo para una antología de 1906 de 12 historias cortas tituladas *Great Short Stories: Volume 1 Detective Stories* (ACD también escribió 2 historias para este mismo libro). Además, BFR hizo contribuciones para el argumento de otras 3 historias; 2 cuentos de Sherlock Holmes escritos por ACD (véase más abajo) y 1 historia titulada *Wheels of Anarchy* que fue escrita por Max Pemberton (1908).

El perro de los Baskerville

El 11 de julio de 1900, tanto BFR como ACD salieron de Ciudad del Cabo hacia Inglaterra a bordo de un buque de vapor llamado *Briton* (véase la ilustración 15). La pareja compartió mesa para cenar y fueron fotografiados juntos poco antes de que el barco atracara en el muelle de Southampton el 28 de julio (véase Plate 16). ACD escribió en su autobiografía que fue durante este viaje cuando "cimentó" su amistad con BFR. Esta afirmación implica que los dos hombres se conocían con anterioridad, probablemente en el Reform Club de Londres, al cual pertenecían los dos. ACD también recordó que durante el viaje un oficial del ejército francés llamado Major Roger Raoul Duval acusó a los británicos de usar balas dum-dum durante la campaña de la Segunda Guerra de los bóers. ACD reaccionó enfurecido a estas alegaciones y BFR ayudó a reconciliar la disputa. Un amigo de BFR, Harold Gaye Michelmore (véase la ilustración 17), abogado de Devon, juez instructor y camarada de 'Old Newtonian', relató posteriormente en una carta publicada en *The Western Morning News* que durante este viaje:

> …Fletcher Robinson le contó a Doyle el argumento de la historia que quería escribir sobre Dartmoor, a Conan Doyle le intrigó tanto que le preguntó a Fletcher Robinson si no le importaba que la escribieran juntos.
>
> Puede resultar interesante recordar que durante el mismo viaje Fletcher Robinson preguntó a Conan Doyle si se le había ocurrido lo fácil que sería implicar a un hombre en un asesinato

pudiendo conseguir su huella dactilar impresa en cera para reproducirla con sangre sobre la pared o en otro sitio llamativo cerca del lugar del crimen.

A Conan Doyle le gustó la idea y le preguntó a Fletcher Robinson si quería usarla en su propio trabajo literario. Fletcher Robinson respondió: "no inmediatamente," y Conan Doyle le ofreció 50 libras por la idea, a lo cual Fletcher Robinson accedió, y Conan Doyle incorporó la idea a uno de los cuentos de Sherlock Holmes que publicó poco después.

De esta manera parece que BFR y ACD se pusieron de acuerdo para ser coautores de una historia basada en Dartmoor durante su viaje abordo del *S.S. Briton*. Sin embargo, es poco probable que "la historia" se pareciera mucho a *El perro de los Baskerville*. Quizás "la historia" a la cual se refería Michelmore era una de las otras dos historias vinculadas a Dartmoor que BFR había publicado después de varias versiones de *El perro de los Baskervilles* (1901/02). La primera de estas era un cuento de hadas titulado *The Battle of Fingle's Bridge*, que fue publicado durante mayo de 1903 en *Pearson's Magazine* (vol. 15, pág. 530-536). La segunda era una historia corta titulada *The Mystery of Thomas Hearne,* que constituiría el quinto capítulo de un libro de 1905 que BFR escribió llamado *The Chronicles of Addington Peace* (Londres: Harper & Brother). ACD utilizó posteriormente la idea de la huella dactilar de BFR en una historia corta de Sherlock Holmes titulada *The Adventure of the Norwood Builder* que fue publicada por primera vez en *Collier's Weekly Magazine* (1903).

Ilustración 15 (arriba). El *S.S. Briton*.
CORTESÍA DE LA COLECCIÓN TOPFOTO.

Ilustración 16 (izquierda). BFR (sentado en el centro) y ACD (de pie en el centro) a bordo del *S.S. Briton* durante julio de 1900.

El jueves 25 de abril de 1901, BFR visitó la casa de un amigo y autor llamado Max Pemberton (véase la ilustración 18). Anteriormente Pemberton había preparado la edición del primer libro de BFR titulado *Rugby Football* y después le encargó que escribiera varios artículos para *Cassell's Family Magazine* y *Cassell's Magazine*. Durante la cena, Pemberton le contó una historia a BFR que hasta cierto punto hacía recordar la leyenda descrita en *El perro de los Baskerville*. Sir Max Pemberton relató más tarde los siguientes detalles en una entrevista que se publicó en el *Evening News* de Londres:

> El difunto Fletcher Robinson, el cual colaboró con Doyle en la historia, estaba cenando en mi casa en Hampstead una noche cuando la conversación se centró en los perros fantasmas. Le hablé a mi amigo de un tal Jimmy Farman, un hombre del pantano de Norfolk, el cual juraba que había un perro en los pantanos cerca de St. Olives [ahora llamado St Olaves cerca de Great Yarmouth, Norfolk] y que su perra había visto a la bestia más de una vez y que le había aterrado. 'Era un enorme perro negro,' dijo Jimmy, 'y sus ojos eran como las luces de un tren. Cruzó mi camino lejos junto al muelle y la pobre perra casi se muere de miedo... Seguramente la perra vio algo que yo no vi...'
>
> Fletcher Robinson me aseguró que docenas de personas de las afueras de Dartmoor habían visto al perro fantasma y que dudar de su existencia sería una herejía local. En

ambos casos, la bestia era un perro perdiguero enorme, negro como el carbón y con ojos que brillaban como fuego.

Fletcher Robinson fue siempre un poco sensible frente a los fenómenos psíquicos y tenía un cálido recuerdo de esta aparición; de hecho manifestó cierta sorpresa sobre el hecho de que ningún escritor hubiese escrito sobre ello. Tres noches después, Fletcher Robinson estaba cenando con Sir [sic] Arthur. En mi casa aún tenía la conversación fresca en su mente y le dijo a Doyle lo que yo había dicho, enfatizando que este particular hombre del pantano estaba tan seguro de la existencia del perro fantasma como lo estaba de la suya propia. Finalmente, Fletcher Robinson dijo 'Escribamos la historia juntos.' Y para su enorme satisfacción Sir [sic] Arthur asintió de buen agrado."

La cena a la cual se refiere Pemberton tuvo lugar el domingo 28 de abril de 1901 en el Royal Links Hotel de Cromer, Norfolk. ACD se estaba recuperando aún de un nuevo brote reciente de fiebre tifoidea y tenía el propósito firme de pasar un fin de semana practicando el golf con BFR para recuperarse (viernes 26 – lunes 29 de abril). Sin embargo, es poco probable que la pareja jugara realmente al golf porque el registro meteorológico del lugar revela que ese fin de semana estuvo por lo general nublado, húmedo, frío y ventoso (la temperatura media diaria y la velocidad del viento eran 7°C y 33,3 km/h). No obstante, una anotación en los libros de cuentas de ACD revela que pagó 6 libras al 'Royal Links Hotel' el jueves 30 de abril. Además, el sábado 4 de mayo de 1901, el *Cromer & North Walsham Post* semanal contó que ACD había disfrutado recientemente de "una breve estancia en el Golf Links Hotel." Más tarde, un periodista llamado J. E. Hodder Williams que escribía para la versión británica de una publicación llamada *The Bookman* relató que durante este viaje a Cromer BFR había:

> ...mencionado en la conversación alguna leyenda de su país que había encendido la imaginación de Doyle. Los dos hombres comenzaron a tramar una cadena de sucesos; en muy pocas horas se había concebido el argumento de una historia sensacional y se acordó que Doyle la escribiría.

La leyenda que según dicen encendió la imaginación de ACD parece ser la de Black Shuck que Pemberton había contado a BFR durante la cena unos tres días antes. Según se dice, Black Shuck era un perro de caza grande, solitario, de ojos encendidos, que vagaba por la costa de Norfolk. En algunos cuentos Black Shuck iba desde la playa de Cromer hasta cerca de Cromer Hall por un camino al lado del hotel Royal Links. Desde Cromer ACD escribió una carta a su madre en la que declaraba en una nota a pie de página:

> Fletcher Robinson vino conmigo y vamos a hacer juntos un pequeño libro 'El perro de los Baskerville', una verdadera historia de terror.

ACD también escribió una segunda carta a Herbert Greenhough Smith, el director de *The Strand Magazine*, en la cual describía otra vez la historia como una "verdadera historia de terror". ACD se la ofreció a Greenhough Smith, pero insistió en que "lo tengo que hacer con mi amigo Robinson y su nombre tiene que aparecer con el mío". Añadió: "Pediré mis 50 libras habituales cada mil palabras por todos los derechos si están de acuerdo en publicarla".

Durante principios de mayo de 1901, ACD decidió que el libro necesitaría alguna figura central dominante y pensó: "¿Por qué tendría que inventar un personaje así, si ya lo tengo en la forma de Sherlock Holmes?". Se puso en contacto de nuevo con Greenhough Smith y le ofreció una segunda versión de la misma novela, una versión que incorporaría a Holmes. Greenhough Smith accedió y pagó a ACD 100 libras por cada mil palabras en la versión de Holmes.

Ilustración 17. Harold Gaye Michelmore (hacia 1950).
CORTESÍA DE LOS ABOGADOS HAROLD MICHELMORE.

Ilustración 18. Max Pemberton (hacia 1905).
CORTESÍA DE LA COLECCIÓN TOPFOTO.

Viajes de exploración a Dartmoor

Con el paso de los años se ha escrito mucho sobre la colaboración literaria entre ACD y BFR que finalmente condujo al comienzo de *El perro de los Baskerville*. Por lo general se admite que ACD y BFR pasaron al menos una semana juntos explorando la zona de Dartmoor a comienzos del verano de 1901. Sin embargo, ha habido mucha incertidumbre y desacuerdo en torno a los detalles precisos de esta visita. Por ejemplo, no se sabe si ACD y BFR viajaron juntos a Devon, dónde se alojaron, la influencia de esta visita en la estructura de la historia, o las fechas exactas de la misma visita. No obstante, la información nueva permite interpretar de nuevo lo que se sabía previamente y deducir el siguiente informe de la visita.

Parece ser que poco antes del sábado 25 de mayo de 1901, BFR hizo un viaje preliminar para explorar Dartmoor con un amigo llamado Reverendo Robert Duins Cooke (véase la ilustración 19). El tiempo durante los 24 días anteriores a este mes en Dartmoor fue por lo general "muy bueno" (la temperatura media diaria, la velocidad del viento y las precipitaciones fueron de 9°C, 16,8 km/h y 0,1 mm respectivamente). El reverendo Cooke era el vicario de la iglesia de S. Andrés en Ipplepen donde el padre de BFR, Joseph Fletcher Robinson (véase la ilustración 20), había estado actuando de consejero parroquial durante 19 años. En una carta publicada en *The Western Morning News*, el Reverendo Henry Cooke relataba lo siguiente:

> Señor, permítame añadir algo a la carta interesante del señor H. G. Michelmore sobre

"El perro de los Baskerville." Mi padre, el prebendado R. D. Cooke, fue vicario de Ipplepen en la fecha que menciona, 1901. Fue una gran autoridad en Dartmoor. El señor B. F. Robinson le pidió consejo y ayuda en la elaboración del trasfondo de su historia.

Mi padre y el señor Robinson fueron juntos al páramo, y ¡ con el asesoramiento de mi padre se completaron en el lugar los detalles del trasfondo! Mi padre estaba muy orgulloso por ello y con frecuencia le contaba a sus hijos cómo había ayudado a escribir un libro muy famoso.

Mi hermana, la señora Graeme, de Shaldon, tenía una copia del libro que el señor B. F. Robinson había regalado a mi padre con la dedicatoria: "Al Reverendo R. D. Cooke del colaborador del argumento, Bertram Fletcher Robinson."

Al mismo tiempo o sobre los días en que BFR y el Reverendo Cooke visitaban Dartmoor, ACD estaba participando en un partido cricket de dos días para el Marylebone Cricket Club contra Derbyshire en Lords, Londres. Este partido finalizó el viernes 24 de mayo antes de un fin de semana prolongado durante el cual se redujo sustancialmente el servicio de trenes a Devon el domingo 26 y el lunes 27. Por tanto, parece muy probable que ACD hiciera el viaje en tren de 5-6 horas desde Londres hasta Devon el sábado 25 sin la compañía de BFR. Después, al comienzo o al final de la tarde lo recogió en la estación de trenes de Newton Abbot Railway Station un cochero llamado Henry 'Harry' Baskerville (véase la ilustración 21). En contra de las declaraciones del hijo de ACD, Adrian Conan Doyle, parece que ACD fue llevado a la familia Robinson cerca de Park Hill House en Ipplepen y no siguió directamente hasta Princetown. 'Harry' era empleado de Joseph Fletcher Robinson y tenía el mismo nombre y apellido que un personaje central en *El perro de los Baskerville*.

El domingo 26 de mayo el tiempo fue lluvioso (3,5 mm), persistentemente nublado y frío (11°C). Por tanto, no resulta probable que ACD y BFR hubiesen elegido visitar Dartmoor ese día. Parece que en su lugar acompañaron a los padres de BFR al servicio matutino de la iglesia de S. Andrés en Ipplepen (conducido por el Reverendo R.D. Cooke). Más tarde, testigos presenciales recordaron que la visita de ACD a la iglesia "fue mirada con desaprobación por parte de algunos de los feligreses que sabían que él en esa época era un espiritualista destacado". De hecho, en esa época, ACD era un católico romano no practicante y miembro de la *Society for Psychical Research* fundada en Londres.

Entre el lunes 27 y el miércoles 29 de mayo, el tiempo mejoró sustancialmente (la temperatura media diaria era de 15°C y sin precipitaciones). Por consiguiente, 'Harry' llevó a BFR y ACD a los sitios cercanos incluyendo Heatree House, Bovey Tracy y Hound Tor (en general estos tres sitios están más cerca de Park Hill House que de Princetown). El jueves 30 de mayo no pudieron visitar Dartmoor por una "tormenta severa", en la que cayeron 33 mm de lluvia en Ashburton y 49.5 mm en Princetown. 'Harry' más tarde relató que mientras estuvieron en Park Hill House, ACD y BFR ocupaban el salón de billar y que "a veces estaban escribiendo y hablando juntos hasta bien entrada la noche".

El viernes 31 de mayo de 1901, parece que 'Harry' llevó a BFR y a ACD desde Park Hill House (con una altitud de 75 m) a Princetown (con una altitud de 417 m). La ruta más corta entre estos dos lugares en 1901 era de 32 km a lo largo de caminos estrechos y ondulados (con una ascensión media de 16,7 m por 0,3 m). Este viaje habría requerido aproximadamente 4 horas para completarlo y por tanto evitaron el regreso a Park Hill House en el mismo día. Por este motivo, BFR y ACD decidieron prolongar la visita a esta zona y se alojaron en el Duchy Hotel en Princetown hasta el domingo 2 de junio.

Entre el viernes 31 de mayo y el domingo 2 de junio, el tiempo en Princetown estuvo permanentemente cubierto, frío (media de 10°C), lluvioso (5,8 mm en total) y moderadamente ventoso (media de 24 km/h). Más adelante, un periodista californiano llamado H. J. W. Dam publicó un artículo titulado *Arthur Conan Doyle – An Appreciation of the Author of 'Sir Nigel', the Great Romance Which Begins Next Sunday*, en *Sunday Magazine* suplemento de *New York Tribune*. Este artículo describe los recuerdos de BFR de su viaje a la zona del alto páramo alrededor de Princetown con ACD en el verano de 1901:

> Fue una de las semanas más interesantes que he pasado fue con Doyle en Dartmoor. Hizo el viaje conmigo poco después de que le contara,

y aceptara, una trama que aparecía en el 'perro de los Baskerville'. Dartmoor, el gran desierto de pantano y roca que divide Devonshire en este punto, atrajo su imaginación. Escuchaba atentamente mis historias de perros fantasma, de jinetes sin cabeza y de los demonios que se esconden en los huecos; leyendas con las que me he criado, por la situación de mi casa al borde del páramo. Todos los lectores de 'El perro' recordarán lo bien que entremezcló la narración de las impresiones.

Dos incidentes en especial me vienen al recuerdo. En el centro del páramo se encuentra la famosa cárcel de Princetown. En los grandes edificios de granito, barridos por las lluvias y cubiertos en la niebla, se alojan más de mil criminales, condenados por los delitos más graves. A los pies de la pendiente donde está la cárcel se apiña un pueblo diminuto. Una antigua posada confortable ofrece alojamiento a los viajeros.

La mañana siguiente a nuestra llegada, Doyle y yo estábamos sentados en la sala de fumadores cuando una camarera de carrillos rojos abrió la puerta y anunció 'Tienen visita, caballeros'. Entraron cuatro hombres, los cuales se sentaron solemnemente y comenzaron a hablar sobre el tiempo, la pesca en los arroyos del páramo y otros temas en general. No tenía ni la más mínima idea de quienes podían ser. Cuando se fueron les seguí hasta la entrada de la posada. Sobre la mesa estaban sus cuatro tarjetas. El director de la cárcel, el director adjunto, el capellán y el doctor habían venido 'a invitar al señor Sherlock Holmes' como explicaba una nota a lápiz.

Una mañana llevé a Doyle a ver la ciénaga enorme, mil acres de limo pantanoso, un lugar donde puede desaparecer un caballo y un jinete, como se relata de forma tan acertada en *El perro*. Le divirtió la historia que le conté del hombre del páramo que en cierta ocasión vió un sombrero cerca del borde del pantano y lo empujó con un palo largo. '¡Deja mi sombrero quieto!' dijo una voz que salía de debajo. '¡Uy!, ¿hay un hombre debajo del sombrero?' gritó el campesino sobresaltado. 'Sí, imbécil, y un caballo debajo del hombre.'

Desde la ciénaga caminamos en dirección este hacia la fortaleza de Grimspound que los pueblos británicos en la Edad de Piedra, los aborígenes que fueron pobladores antes que los sajones, los daneses o los nórdicos, levantaron hacia el sur con enorme esfuerzo para que sirviera de refugio frente a las tribus saqueadoras. Es maravilloso el buen estado de conservación en el que aún se encuentra la fortaleza Grimspound. Los veinte pies de losa de granito (el modo en que fueron acarreadas a sus lugares es aún un misterio para los historiadores y los ingenieros) aún rodean las chozas de piedra donde vivían las tribus. En una de éstas entramos Doyle y yo. Sentados sobre una piedra que probablemente sirvió de cama a algún jefe hace tres mil años, hablamos de los pueblos del pasado. Era uno de los sitios más solitarios de Gran Bretaña. Desde muy lejos no llegaba ninguna carretera al lugar. Se cuentan leyendas extrañas de luces y figuras referentes a él. A esto hay que añadir que era un día oscuro y encapotado.

De repente oímos que una bota golpeaba fuera contra una piedra y nos levantamos a la vez. Era un turista solo haciendo una excursión a pie, pero al ver nuestras cabezas que asomaron repentinamente de la choza, soltó un grito y se fue. Nuestra desaparición posterior se debió a que ambos nos sentamos y nos partimos de risa. Dado que no regresó, me temo que el señor Doyle y yo añadimos otra prueba de lo sobrenatural a los narradores de historias de fantasmas de Dartmoor.

Cabe señalar que estas experiencias inspiraron claramente a ACD, porque posteriormente incorporó un presidiario que huía de la prisión de Dartmoor, una ciénaga y una choza de piedra antigua en el argumento de *El perro de los Baskerville*. Además, ACD también hizo constar su reacción en el alto páramo en la siguiente carta que escribió a su madre el sábado 1 de junio de 1901 desde el Duchy Hotel:

Queridísima mama:

Aquí estoy, en la ciudad más alta de Inglaterra. Robinson y yo estamos explorando juntos para nuestro libro de Sherlock Holmes. Creo que me saldrá de maravilla, de hecho ya casi tengo hecha la mitad. Holmes está en su elemento, se basa en una idea muy dramática que debo a Robinson.

Hoy hemos hecho 22 km por el páramo y ahora estamos agradablemente cansados. Es un lugar estupendo, muy triste y salvaje, salpicado de las moradas de los hombres prehistóricos, extraños monolitos, chozas y sepulturas. En aquella época había claramente una población de varios miles de personas; hoy puedes caminar todo el día sin ver una sola alma. Por todas partes hay minas de estaño destruidas. Mañana [sábado 2 de junio] haremos 25 km hasta Ipplepen donde viven los padres de Robinson. Después, el lunes a Sherborne para jugar cricket, 2 días en Bath, 2 días en Cheltenham. En casa el lunes 10. Ese es mi programa.

Otras fuentes confirman que, de hecho, ACD jugó estos partidos de cricket. ACD debió salir hacia Sherborne el lunes 3 de junio habiendo dormido la noche anterior en Park Hill House. No pudo haber viajado a Sherborne el domingo 2 de junio porque los únicos dos trenes con este destino salieron de la estación de St. David en Exeter a las 01:38 y a las 15:09 (la línea Penzance-Waterloo). ACD no pudo tomar el primer tren porque todavía estaba en Princetown en ese momento. Además, no pudo tomar el segundo tren porque el único tren disponible que unía las estaciones de Newton Abbot y David salió de la estación anterior a las 09:25. Esto no deja tiempo suficiente para que un ACD "agotado" viajara de Princetown vía Park Hill House a la estación de trenes de Newton Abbot. Es mucho más probable que al día siguiente, un ACD ya descansado tomara el tren de las 07:55 de la estación de Newton Abbot a la de St. David (llegando a las 08:45) y, después, el de las 09:02 horas de la estación de St. David vía Yeovil Junction hacia Sherborne (llegando a las 11:14). Probablemente después llevaron a ACD 1,6 km desde la estación de Sherborne hasta la escuela.

Ilustración 19. El Rev. R. D. Cooke y familia (1926
CORTESÍA DE WENDY MAJOR.

Ilustración 20. Joseph F. Robinson.
CORTESÍA DE MEADE-KING, ROBINSON & CO. LTD.

Ilustración 21. Henry 'Harry' Baskerville trabajando para la familia 'Sawdye' (1912).
CORTESÍA DE WENDY MAJOR.

Ilustración 22. Arthur Hammond Marshall (hacia 1920).
CORTESÍA DE LA COLECCIÓN TOPFOTO.

La narración del perro

A mediados de mayo de 1901, ACD había enviado la prueba de la primera entrega de *El perro de los Baskerville* (capítulo I-II de XV) a las oficinas de *The Strand Magazine*. Documentos pertenecientes a Sidney Paget, el artista empleado para ilustrar *El perro de los Baskerville*, revelan que le pagaron 34 libras y 13 chelines a finales de mayo por completar siete ilustraciones que acompañaron este primer fascículo. El sábado 25 de mayo de 1901 (el mismo día en que parece que ACD vió a BFR en Devon), apareció el siguiente anuncio en *Tit-Bits* que al igual que *The Strand Magazine*, también fue publicado por George Newnes:

> Muchísimos lectores de The Strand Magazine nos han preguntado una y otra vez si no podríamos persuadir al señor Conan Doyle para que nos regale algunas historias más de este maravilloso personaje. El señor Conan Doyle ha estado ocupado con otro trabajo, pero dentro de poco nos entregará una historia importante que aparecerá en the Strand, en la cual el gran Sherlock Holmes es el personaje principal. Aparecerá tanto en las ediciones británicas como en las americanas. En América la obra basada en la carrera de un gran detective se ha representado durante varios meses con enorme éxito. Se podrá ver en Londres, en tres meses aproximadamente. Al mismo tiempo, la nueva historia de Sherlock Holmes comenzará en the Strand. Se publicará a modo de novela por entregas de

30.000 a 50.000 palabras, y el argumento es el más interesante y sorprendente que nos hayan [sic] presentado nunca. Estamos seguros de que todos esos lectores de the Strand que nos han escrito sobre el tema, y aquellos que no lo han hecho, se alegrarán de las nuevas historias de Conan Doyle sobre nuestro antiguo personaje favorito [sic].

El lunes 17 de junio de 1901, la prueba de la primera entrega de *El perro de los Baskerville* (capítulos III-IV de XV) fue devuelta a ACD a su casa de Surrey. Éste informó entonces al editor de *The Strand Magazine* de que la tercera entrega (capítulos V-VI de XV) estaba casi terminada. Dado que ACD se ausentó de su domicilio entre el jueves 16 de mayo (para jugar al cricket en Londres) y el lunes 10 de junio, parece probable que la segunda entrega y gran parte de la tercera se escribiera en Park Hill House entre el sábado 25 y el viernes 31 de mayo. Esta teoría explicaría por qué ACD manifestó en la carta que escribió a su madre el sábado 1 de junio que "ya casi tengo hecha la mitad." Además, esto también puede explicar en parte por qué el amigo autor de BFR, Arthur Hammond Marshall (véase la ilustración 22), escribió los siguientes comentarios en su autobiografía:

> [BFR] amaba las historias y era un maestro inventándolas. Le dio la idea del argumento de *El perro de los Baskerville* a Conan Doyle, y escribió la mayor parte de la primera entrega [sic] para *The Strand Magazine*. Conan Doyle quiso que se publicara con los dos nombres, pero sólo

querían su nombre, porque así tendría más valor. Les pagaron 100 libras por cada mil palabras, con una proporción de tres a uno. Cuando le dije a Bobbles [BFR] por entonces: "Entonces si escribes 'Hola ¿cómo está usted?' Doyle recibe seis chelines y tú dos" dijo que nunca había sido bueno en el cálculo de fracciones, pero que sonaba correcto y, de cualquier modo, lo que escribió lo valía.

La medida en que BFR contribuyó a la narración de *El perro de los Baskerville* sigue siendo una cuestión discutible. No obstante, la afirmación de Marshall de que BFR "escribió la mayor parte" de la primera entrega es, sin duda alguna, incorrecta. ¿Quizás Marshall simplemente confundió las ideas que BFR claramente aportó a los capítulos I-III y los pagos posteriores que le hizo ACD como prueba de que contribuyó directamente a esta parte de la narración? Sin embargo, es verdad que BFR realizó aportaciones importantes a las dos primeras entregas. Por ejemplo, hay referencias a cacería de perros y leyendas del lugar y en la descripción de la Leyenda de Baskerville que Mortimer cuenta a Sherlock Holmes en el capítulo II. Además, en el capítulo III, Holmes perfila varios escenarios ficticios de Dartmoor a Dr. Watson que se basan con frecuencia en sitios reales. BFR escribió sobre estos temas y para ser justos hay que decir que su conocimiento respecto a estos asuntos era superior al de ACD.

A finales de junio de 1901, ACD envió la cuarta y la quinta entrega (capítulos VII-IX de XV) a *The Strand Magazine*. A mediados de julio de 1901, ACD fue de vacaciones al

Esplanade Hotel de Southsea, habiendo presentado recientemente la sexta y séptima entregas de *El perro de los Baskerville* (capítulos X-XII de XV). En efecto, ACD envió correcciones a *The Strand Magazine* desde Southsea. Durante agosto de 1901, la primera de las nueve entregas mensuales de *El perro de los Baskerville* se publicó en la versión británica de *The Strand Magazine* (véase la ilustración 23). La contribución de BFR tuvo su reconocimiento en una breve nota al pie de página del capítulo I como sigue:

> La historia debe su origen a mi amigo, el señor Fletcher Robinson, que me ayudó en el argumento general y en los detalles locales. — A.C.D.

En septiembre de 1901, la primera de nueve entregas mensuales de *The El perro de los Baskerville,* se publicó en la versión americana de *The Strand Magazine*. Durante este mismo mes, ACD residió en su casa llamada Undershaw en Hindhead y terminó de escribir las dos entregas finales (capítulos XIII-XV de XV). La historia ahora sumaba unas 60.000 palabras, lo que significa que ACD recibiría unas 6.000 libras por su narración por entregas.

Ilustración 23. Cubierta del penúltimo episodio
de la serie británica (marzo de 1902).

Ilustración 24. La primera edición del libro británico
(publicado el 25 de marzo de 1902).

El 25 de marzo de 1902, *El perro de los Baskerville* fue publicado como novela por George Newnes de Londres (véase la ilustración 24). Precedió un mes a la publicación del episodio final en la versión británica de *The Strand Magazine*. La primera edición del libro británico incluye este breve agradecimiento:

MI QUERIDO ROBINSON:

Este cuento debe su origen a tu relato de una leyenda de West Country legend. Muchas gracias por esto y por tu ayuda en los detalles.
Afectuosamente,
A. CONAN DOYLE.

Algún tiempo después, BFR regaló copias de la primera edición de *El perro de los Baskerville* al Rev. Robert Duins Cooke, Marion Cooke (mujer del reverendo Cooke) y 'Harry' Baskerville. BFR hizo una dedicatoria a mano en cada uno de los tres libros y dos de éstas reconocen el alcance limitado de su participación en la realización de esta historia:

Para el Rev. R D Cooke 'del colaborador al desarrollo del argumento', Bertram Fletcher Robinson

Para la Sra. Cooke, con afectuosos recuerdos 'del colaborador al desarrollo del argumento', B. Bertram Fletcher Robinson

Para Harry Baskerville de B. Fletcher Robinson. ¡Mis disculpas por usar el nombre!

El 15 de abril de 1902, *El perro de los Baskerville* fue publicado como novela por McClure, Phillips and Company (Nueva York). Esta es la primera edición americana del libro e incluye una versión de la carta de agradecimiento de ACD a BFR. Esta versión fue escrita por el comandante Charles Terry (secretario de ACD) de un dictado el 26 de enero de 1902, y se conserva en la Colección Berg de la Biblioteca Pública de Nueva York. Esta versión del agradecimiento es anterior a la que fue imprimida en la primera edición del libro británico:

> MI QUERIDO ROBINSON
>
> Fue tu relato de una leyenda de west country lo que atrajo por primera vez a mi mente la idea de este pequeño cuento.
>
> Por esto y por la ayuda que me proporcionaste durante su elaboración, muchísimas gracias. Afectuosamente, A. Conan Doyle.

Rumores

En octubre de 1901, poco después de la publicación de la primera entrega de *El perro de los Baskerville* en la versión americana de *The Strand Magazine*, aparecieron los siguientes comentarios en la versión americana de una revista titulada *The Bookman*:

> Todo aquel que lea los capítulos iniciales de la resucitación de Sherlock Holmes en el número de septiembre de *The Strand Magazine* debe

haber llegado a la conclusión de que la contribución de Dr. Doyle en esta colaboración fue muy pequeña. *El perro de los Baskerville* comienza de forma muy dramática, y prometía ser un buen cuento. Pero el Sherlock Holmes al que conocemos es un personaje totalmente diferente del Sherlock Holmes de *Estudio en escarlata* [sic], *El signo de los cuatro*, *Las aventuras* y *Las memorias*. Por supuesto que se han introducido todos los trucos superficiales y las peculiaridades, pero en eso se queda. En una breve nota, el Dr. Doyle, cuyo nombre solo está al comienzo de la historia, agradece la colaboración del señor Fletcher Robinson. Claro que el asunto es algo que principalmente concierne sólo a los dos autores y a sus editores: pero expresamos sin dudas nuestra convicción de que la historia es casi completamente de Mr. Robinson y que la única aportación importante del Dr. Doyle a la asociación es el permiso para usar el personaje de Sherlock Holmes.

La versión americana de *The Bookman* fue famosa por publicar rumores del ámbito literario. Este artículo fue escrito probablemente por uno de sus dos editores llamado Arthur Bartlett Maurice porque más tarde firmaría un segundo artículo que presentó en la misma publicación y volvió al tema de la autoría. Este segundo artículo se publicó poco después de la aparición de la primera edición del libro americano de *El perro de los Baskerville* (15 de abril de 1902). En este último artículo, Maurice repitió los primeros comentarios, aunque de una manera un poco más prudente:

> Cuando se discutió por primera vez el tema de esta historia en círculos literarios y editoriales de Londres, prevaleció la idea de que el señor Fletcher Robinson había tenido en mente una historia a la cual el Dr. Doyle le prestó ayuda, su nombre y el personaje de Sherlock Holmes. Un poco más tarde se dijo que el Dr. Doyle y el señor Robinson colaboraron en esta nueva historia de Sherlock Holmes. Finalmente, la primera entrega del cuento mismo apareció como obra del Dr. Doyle solo. Únicamente se hizo alusión al señor Fletcher Robinson en una nota a pie de página, en la cual el famoso escritor cortésmente, pero más bien vagamente, le daba las gracias al señor Robinson por una o dos ideas y sugerencias que habían sido de cierto valor para él al escribir la historia. Sin embargo, el crítico no está ni inclinado ni preparado a decir cuál fue el significado de todo esto precisamente, cuánto contribuyó Mr. Robinson en el origen y en la elaboración de *El perro de los Baskerville* precisamente.

En junio de 1902, la versión americana de *The Bookman* publicó una historia titulada *The Bound of the Astorbilts* de un escritor llamado Charlton Andrews. Esta parodia temprana *El perro de los Baskerville* concluía con el siguiente párrafo:

> Cuando miré, desde lejos, sobre el páramo, se oyó el ladrido profundo, horrible, de un perro gigantesco. De forma sobrenatural se levantó y sonó con una fuerza que helaba la sangre hasta que el sonido inarticulado se transformó gradualmente en este quejido perfectamente distinguible: "Me pregunto ¿cuánto de esto escribió Robinson?"

Esta serie de alegaciones y comentarios estaba totalmente injustificada. BFR y ACD siguieron siendo estrechos amigos después de la publicación de *El perro de los Baskerville* y se vieron regularmente antes de la muerte prematura de BFR justo a los 36 años de edad el 21 de enero de 1907. Por ejemplo, a comienzos de 1904, ACD, BFR y Pemberton fueron acogidos en una sociedad criminológica exclusiva de 12 personas a la que sus miembros se referían como 'Nuestra Sociedad'. De hecho, justo dos días después de una de las reuniones regulares de 'Nuestra Sociedad' organizada en la casa de Pemberton el 18 de octubre de 1906, consta que BFR y ACD jugaron al golf en Hindhead, en Surrey. Además, entre 1904 y 1907, BFR escribió varios artículos en los que elogiaba a ACD por su integridad. El último de estos artículos, titulado *People Much Talked About in London,* apareció póstumamente en mayo de 1907 en una publicación periódica americana llamada *Munsey's Magazine* (vol. 37, núm. 2, pág. 142-143) donde dice:

> En Pall Mall también podemos encontrar algunos de los literatos ingleses más famosos miembros del más exclusivo de los clubes: el Athenaeum. Aquí tenemos al gigante amable,

el señor Arthur Conan Doyle, el creador de Sherlock Holmes, príncipe de los detectives. Es de un estilo británico fino, un patriota inteligente, amante del deporte, generoso.

La mención al Athenaeum Club me hace recordar una historia que el señor Arthur me contó de su primera visita, después de ser acogido, [8 de marzo de 1901], para la casa de honestidad. Se dirigió hacia el conserje de la entrada y, deseando darse a conocer ante esa persona importante, preguntó si había alguna carta para Conan Doyle. Ahora bien, el Athenaeum es un centro preferido por los dignatarios clericales, y el portero, que tenía pocos conocimientos de literatura, respondió 'No, padre, no hay cartas para usted.'

El señor Arthur no se preocupó en dar explicaciones, pero durante varias semanas sufrió mucho por el desacierto del portero. El traje de *tweed* que lucía el gran novelista impresionó profundamente al funcionario, y cuando un día el señor Arthur apareció con un abrigo de equitación, el espectáculo tuvo tal efecto en aquél, que Doyle tuvo que precipitarse hacia el mostrador y explicar que no era un dignatario de la iglesia, sino un escritor de cuentos al que se le podía permitir cierta libertad en la vestimenta.

El señor Arthur es un serio defensor del club del rifle. Ha colocado dianas para hacer un campo de tiro en su casa en los páramos de Hindhead [fundado a finales de 1900]. En él se pueden observar al mozo de cuadra y al carpintero, al albañil y al herrero del pueblo competir unos contra otros un sábado por la tarde de la misma manera en que lo hicieron sus antepasados con el 'long bow', ganando así a Creçy y Agincourt. Entre ellos se puede ver al novelista en plena forma, disparando con ellos, animándoles con palabras amables u otorgando premios, en gran parte pagados de su propio bolsillo.

Por lo tanto, cualquier insinuación de que BFR no estuviera contento del todo con el resultado de su colaboración literaria con ACD debe ser descartada. Teniendo en cuenta los datos se puede llegar a decir que BFR sacó provecho directamente de su amistad duradera con ACD. Por ejemplo, varias de las historias cortas de BFR iban acompañadas de indicaciones que promocionaban su participación en *El perro de los Baskerville*. Evidentemente, a ACD no le importaba permitirla a BFR que promocionara sus propias creaciones literarias mediante tales referencias. Esto también refleja el profundo respeto y la amistad que persistió entre los dos escritores.

Reconocimiento merecido

Los hechos sugieren que ACD y BFR habían tenido el propósito firme de escribir una historia basada en Dartmoor mientras estuvieron a bordo del *S.S. Briton* en julio de 1900. El tema de la historia fue escogido durante una visita posterior a Cromer a finales de abril de 1901. Poco después, ACD introdujo el personaje de Sherlock Holmes y también escribió la primera parte de *El perro de los Baskerville*. Entre finales de mayo y principios de junio de 1901, BFR y ACD realizaron juntos la exploración para la historia en Devon. Evidentemente, en esta fase los dos habían acordado que ACD solo escribiría el relato. Sin embargo, ¿por qué BFR estaba al parecer de acuerdo en retirarse de una colaboración completa y en su lugar actuar como un simple "colaborador del desarrollo del argumento"?

Puede ser que nunca se halle la respuesta clara a esta pregunta. Resulta plausible que BFR pensara que Sherlock Holmes era la propiedad intelectual de ACD y que, por tanto, decidiera limitar su participación en el momento de introducirse este personaje en la historia. Por otro lado, hay indicios de que BFR no pudo participar en la autoría del relato por una serie de motivos profesionales. Por ejemplo, había publicado unos 14 artículos en *The Daily Express* y *Pearson's Magazine* durante las 16 semanas en que ACD estuvo escribiendo el relato de *El perro de los Baskerville* (mayo 1901 – septiembre 1901). Además, recibió el encargo de escribir 25.000 palabras de "impresión tipográfica descriptiva" para un libro titulado *Sporting Pictures* que fue publicado posteriormente por Cassell & Company Limited en 1902 (editado por E. W. Savory).

BFR también tenía una serie de motivos personales para no contribuir directamente en el relato de *El perro de los Baskerville*. Por ejemplo, durante 1901, BFR estuvo viviendo con su tío mayor de edad, el señor John Robinson (véase la ilustración 25) que también era amigo de ACD. El señor John murió el 30 de noviembre de 1903, y al año siguiente fue publicada su autobiografía titulada *Fifty Years on Fleet Street* por McMillan & Company Limited. Ésta incluye la siguiente declaración en el prólogo escrito por Frederick Moy Thomas, un amigo y empleado del señor John durante 25 años:

> Le estoy muy agradecido al señor Arthur Conan Doyle por dejar de publicar su carta sorprendente al señor John Robinson sobre el tema de América y los americanos; …y a varios parientes y amigos del señor John por la misma atención, por el consejo o la ayuda valiosos.

Este comentario es importante por varias razones. Evidentemente, la familia Robinson aún mantenía una relación amistosa con ACD unos 3 años después de la publicación de *El perro de los Baskerville*. Esto, además, desacredita las afirmaciones que se hicieron sobre la controversia de la autoría en la versión americana de *The Bookman*. Esto también implica que BFR no pudo contribuir directamente al relato de *El perro de los Baskerville* porque ya estaba ocupado ayudando al señor John con su autobiografía. Naturalmente, BFR había adquirido unos siete años de experiencia editorial a través de su participación *en The Newtonian, The Granta, The Daily Express e The Isthmian Library*.

Además, BFR comenzó a cortejar a Gladys Morris durante 1901, con la que se casó finalmente el 3 de junio de 1902. A lo largo de este período, el futuro suegro de BFR, un artista retirado llamado Philip Morris, estaba luchando por mantener a su joven familia mientras combatía una enfermedad crónica que finalmente contribuyó a su fallecimiento (22 de abril de 1902). Parece muy probable que BFR hubiera hecho visitas regulares a su domicilio cercano en el número 92 de Clifton Hill, St Marylebone, Londres, con el fin de ayudar a Philip, Gladys y a sus dos hermanos menores en lo que pudiera. De igual forma, BFR debió percatarse del empeoramiento progresivo de la salud de su propio padre y, sin duda, viajó con frecuencia a Ipplepen antes de la muerte de Joseph el 11 de agosto de 1903.

De modo que aparentemente, por los motivos profesionales y personales anteriormente mencionados, BFR estaba de acuerdo en ayudar a ACD en el argumento de *El perro de los Baskerville,* pero no en el relato. En efecto, ACD lo confirmó en junio de 1929 cuando escribió la siguiente afirmación en un prólogo para una colección de novelas titulada *The Complete Sherlock Holmes Long Stories* (Londres: John Murray):

> Entonces llegó *El perro de los Baskerville.* Surgió a partir del comentario de un buen amigo, cuya muerte prematura fue una pérdida para el mundo, Fletcher Robinson, de que había un perro fantasma cerca de su casa en Dartmoor. Ese comentario fue el comienzo del libro, pero deseo añadir que el argumento y cada palabra del verdadero relato son míos.

No obstante, le da las gracias a BFR por el papel jugado al inspirar a ACD para resucitar a Sherlock Holmes, el cual había sido 'exterminado' en 1894. ACD escribió posteriormente treinta y tres historias cortas y una novela protagonizadas por Sherlock Holmes, pero ninguna superó nunca el éxito de *El perro de los Baskerville*. Desde la publicación de la primera edición del libro en 1902, ha habido no menos de 19 películas en seis idiomas diferentes y muchas más adaptaciones televisivas.

En 1912, ACD escribió un libro titulado *El mundo perdido* que describía a un personaje llamado Edward G. Malone. Curiosamente existen paralelismos entre este personaje y BFR. Por ejemplo, ambos pasan parte de su 'infancia' en West Country, pescaban y su altura era superior a 1 m 80 cm. Además, ambos fueron jugadores expertos de rugby, periodistas con sede en Londres y amaron a mujeres llamadas Gladys. ¿Quizás por tanto el personaje de Malone es el tributo más perdurable de ACD a su antiguo "colaborador del desarrollo del argumento", BFR?

Ilustración 25. El señor John Robinson.
CORTESÍA DE LA COLECCIÓN TOPFOTO.

CAPÍTULO CUATRO

The Arthur Conan Doyle Devon Tour

*1) Elliot Terrace, The Hoe, Plymouth (0 km)

Ilustración 26. Terraza Elliot (derecha) y el Grand Hotel (centro) antes de la II Guerra Mundial.

Localice Plymouth Barbican. Continúe a lo largo de Madeira Road que se extiende en paralelo a los muros de la Ciudadela Real y el paseo marítimo. En la primera rotonda, tome el segundo desvío hacia Hoe Road y estacione el vehículo en cualquiera de los aparcamientos situados a la derecha. Cruce la carretera y acceda al paseo marítimo a través del aparcamiento para discapacitados. Camine 300 m en dirección oeste a lo largo del paseo, pase por el faro de Smeaton y los diferentes monumentos conmemorativos de guerra. Elliot Terrace y el Grand Hotel están ambos situados a la derecha (véase la ilustración 26).

Elliot Terrace se compone de una hilera de siete mansiones victorianas impresionantes de seis pisos construidas alrededor de 1873 por Messrs Call & Pethick (John Pethick fue alcalde de Plymouth entre 1898 y 1900). El nombre procede de un tal coronel James Elliot al que hace tiempo pertenecía el terreno donde ahora se encuentra Plymouth Hoe. ACD residió junto a GTB y su familia en el número 6 de Elliot Terrace después de su llegada a Plymouth a finales de la primavera de 1882. ACD recordaría posteriormente que la casa estaba en su mayor parte sin amueblar y que le habían dado clavos para que colgara su ropa. GTB quería hacer pensar a ACD que él era el único arrendatario de la propiedad, probablemente para impresionarle. Sin embargo, los documentos ahora revelan que GTB arrendó esta propiedad junto con el Royal Western Yacht Club y el Grand Hotel. Evidentemente, ni el Yacht Club ni el Grand Hotel usaron el número 6 de Elliot Terrace mientras ACD residió en él. Por tanto, parece probable que el viejo Grand Hotel abandonara Elliot Terrace sobre 1880 para ocupar un edificio adyacente que John Pethick construyó nuevo. ACD se alojó en el nuevo Grand Hotel el 22 de febrero de 1923.

A los visitantes les puede interesar saber que el número 3 de Elliot Terrace fue comprado por Waldorf Astor en 1908 (2º vizconde de Astor desde el 18 de octubre de 1919). El 1 de diciembre de 1919, su mujer, la señora Astor, se convirtió en la primera mujer miembro del Parlamento (representó al Partido Unionista) en ocupar un escaño en la

Casa de los Comunes. Se cuenta sobre ella que le llegó a decir a Winston Churchill: 'si usted fuera mi esposo, le pondría arsénico en el café', a lo cual él le replicó, 'Señora, ¡si fuera su esposo, me lo tomaría!' La señora Astor murió el 2 de mayo de 1964 y legó el número 3 de Elliot Terrace a la ciudad de Plymouth. Esta propiedad es ahora residencia oficial del alcalde de Plymouth; también se utiliza para alojar visitas oficiales.

2) Durnford Street, East Stonehouse, Plymouth (3,2 km)

Ilustración 27. Número 1 de Durnford Street (hacia 1920).

Desde Hoe Road, regrese a la rotonda dejando Madeira Road y gire después a la derecha en dirección a Plymouth Dome. Continúe 1 km aprox. a lo largo de Hoe Road, Grand Parade, Great Western Road y West Hoe Road. En la rotonda gire a la izquierda hacia el Continental Ferryport (Millbay Road) y continúe 1 km. En el cruce, manténgase en el carril de la derecha y, cuando llegue a la bifurcación de Barrack Place 12-24, encontrará ahí aparcamientos gratuitos (tenga en cuenta que el aparcamiento sólo está permitido de las 10 a las 17 horas).

Durnford Street fue construida en 1773 para proporcionar alojamiento al personal naval y militar superior. Durante el verano de 1881, GTB abrió una consulta en la parte noreste del cruce entre Durnford Street y Barrack Place (véase la ilustración 27). Hacia finales de abril de 1882, GTB y ACD se asociaron para atender la consulta, pero el acuerdo se disolvió tras sólo seis semanas. La antigua consulta y los edificios vecinos fueron demolidos en 1958. El terreno despejado fue reurbanizado posteriormente y utilizado para un negocio de vehículos llamado Renwick's Garage. Más recientemente, en el lugar de la antigua consulta se ha edificado un bloque de apartamentos de lujo llamado Evolution Cove.

Hasta 2003, el antiguo lugar del número 1 de Durnford Street estaba señalado con una placa conmemorativa (véase la ilustración 11). Una serie de otras veintidós placas que destacan citas de historias de Sherlock Holmes se pueden ver aún colocadas en el camino entre los números 85 y 125 de Durnford Street. Una placa adicional está montada en el escalón bajo a la entrada del número 93 de Durnford Street que dice:

SIR ARTHUR CONAN DOYLE
1859 – 1930

EN 1882 CONAN DOYLE EJERCIÓ LA MEDICINA EN EL NÚM. 1 DE DURNFORD STREET. DESAFORTUNADAMENTE LA RELACIÓN CON SU SOCIO DE CONSULTA FUE INFRUCTUOSA Y FINALIZÓ CON EL TRASLADO DE CONAN DOYLE A SOUTHSEA. DURANTE EL TIEMPO QUE LE QUEDABA DE SU EJERCICIO COMO MÉDICO SE DEDICÓ CADA VEZ MÁS A ESCRIBIR. 'ESTUDIO DE ESCARLATA', LA PRIMERA DE 68 HISTORIAS PROTAGONIZADA POR SHERLOCK HOLMES, APARECIÓ EN 1887. LA ÉPOCA QUE CONAN DOYLE PASÓ EN DEVON SIN DUDA LE SIRVIÓ DE INSPIRACIÓN PARA SU OBRA LITERARIA POSTERIOR, 'EL PERRO DE LOS BASKERVILLE.' ENTONCES SE INICIÓ UN CULTO A HOLMES QUE AÚN HOY PERVIVE.

Esta inscripción contiene ciertos errores objetivos. 'Estudio de escarlata' debería ser 'Estudio en escarlata'; además, por lo general se sabe que ACD escribió 60 historias de Sherlock Holmes y que su época en Durnford Street no le inspiró en *El perro de los Baskerville*. Sin embargo, Sherlock Holmes menciona un periódico llamado *Western Morning News*. ACD muy probablemente leía un periódico regional con casi el mismo nombre, *The Western Morning News*, durante su estancia en Plymouth.

3) Plymouth Guildhall, Royal Parade, Plymouth (5 km)

Ilustración 28. Tarjeta postal de Plymouth Guildhall (derecha) antes de la II Guerra Mundial.

Desde Barrack Place, siga la calle de sentido único 300 m hacia la rotonda y después gire a la derecha hacia Edgcumbe Street (señalizado con A38). Continúe 1 km aprox. a lo largo de la A374 hacia el cruce entre Union Street y The Crescent. Continúe 300 m hacia la rotonda Derrys Cross y después regrese hacia el cruce entre Union Street y The Crescent. Justo antes de este cruce, gire hacia The Crescent y continúe 0,5 km hasta el cuarto semáforo. En este sitio gire a la izquierda hacia Princess Way y después tome la primera a la derecha hacia Athenaeum Place. Continúe 200 m y gire después a la izquierda en Plymouth Crown y County Courts. Poco después llegará al aparcamiento de Guildhall. Los visitantes pueden entrar a la zona de recepción de Guildhall y solicitar hacer una visita gratuita al edificio (véase la ilustración 28).

En 1909, ACD conoció al periodista Edmund Morel, que había participado en la fundación de la Asociación para la Reforma del Congo (CRA), en 1904. La CRA deseaba hacer pública la opresión reciente de los antiguos colonizadores belgas a la población congoleña. Durante el otoño de 1909, ACD había publicado un panfleto titulado *The Crime of the Congo* (Hutchinson & Co.). En el prólogo de este trabajo ACD escribió: 'Muchos de nosotros en Inglaterra piensan que el crimen que ha cometido el rey Leopoldo de Bélgica y sus seguidores en las tierras del Congo ha sido el mayor que se haya conocido nunca en los anales de la historia.' ACD también emprendió una gira de conferencias de tres meses con Edmund Morel para fomentar la agitación contra la opresión belga en el Congo. El 18 de noviembre de 1909, ACD ofreció otra conferencia, *The Congo Atrocity* en el Plymouth Guildhall. Regresó a este lugar el 23 de febrero de 1923 para ofrecer una conferencia sobre el espiritualismo, *The New Revelation*.

Al igual que el Elliot Terrace, el Guildhall fue construido en 1873 por John Pethick y fue inaugurado oficialmente el 13 de agosto de 1874 por S.A.R. el Príncipe de Gales, más tarde el rey Eduardo VII (quien nombró Caballero a ACD en 1902). Este es un buen ejemplo de la llamada arquitectura 'early-pointed'. El edificio original fue destruido por las llamas durante la segunda noche del ataque aéreo a Plymouth (20-21 de marzo de 1941). Los trabajos de restauración comenzaron en enero de 1953 y el trazado del edificio original fue revertido completamente. El escenario donde ACD ofreció sus conferencias está ahora en la entrada principal al edificio Guildhall de posguerra. En la antigua entrada norte al edificio se encuentra una placa conmemorativa del señor y la señora Astor.

4) Cementerio Ford Park, Ford Park Road, Plymouth (8 km)

Ilustración 29. La sepultura de
George Turnavine Budd y su hijo.

Desde el Plymouth Guildhall, regrese al cruce entre Athenaeum Place y Princess Way. Gire a la derecha y siga la calle en sentido único hacia la rotonda Derrys Cross. Entre en la rotonda y tome el tercer desvío hacia Royal Parade. Continúe 800 m hacia la rotonda Charles Cross (lugar de una iglesia incendiada). En esta rotonda tome el primer desvío y continúe 0,5 km a lo largo de Charles Street y Cobourg Street hacia Liskeard (A38) y Tavistock (A386). En la rotonda North Cross, tome la segunda salida hacia Saltash Road y continúe después 0,3 millas por el carril de la derecha. En la primera rotonda, tome el tercer desvío hacia la Central Park Avenue. Continúe 500 m, gire luego a la izquierda hacia el cementerio Ford Park Cemetery a través de la verja de la entrada. Los visitantes pueden aparcar gratuitamente junto a las dos capillas victorianas.

Tanto GTB como su hijo, William, están enterrados en el cementerio Ford Park (véase la ilustración 29). Para encontrar la sepultura, camine 100 m por el camino procesional hacia la entrada de reja y, a continuación, gire a la derecha después del jardín del recuerdo. Continúe casi 50 m a lo largo del camino asfaltado hacia los escalones de piedra de la derecha. Justo después, a la izquierda de estos pasos, está la tumba del Alférez de navío James Arthur Reynolds (marcada con un ancla grande). La tumba de GTB se encuentra cuatro filas por detrás de esta tumba (parcela: CLG, 41, 4). Se debe tener cuidado, especialmente si el tiempo está lluvioso, dado que el suelo es resbaladizo y puede dar una sorpresa a los visitantes imprudentes.

Los visitantes tal vez deseen ver la sepultura común del tío de GTB, el Dr. John Wreford Budd, y su hijo, Robert Sutton Budd (primo de GTB). Para localizar esta tumba desde el aparcamiento, camine 40 m por el camino procesional hacia la verja de la entrada. Tome el segundo camino con hierba a la derecha, después, gire a la derecha otra vez justo antes de un sepulcro redondo grande. La tumba de Budd está situada a la derecha, unas cuatro tumbas hacia atrás y dos hacia dentro (parcela: D, 26, 17). Si los visitantes lo desean, pueden preguntar por el sendero patrimonial de Ford Park en la oficina al lado de la capilla nueva y el aparcamiento. Hay muchos otros personajes interesantes enterrados en este cementerio, entre ellos un antiguo alcalde de Plymouth, John Pethick (1827-1904), que construyó la Elliot Terrace, el Plymouth Guildhall y el nuevo Grand Hotel (parcela: CHA, 16, 2).

5) The Lopes Arms, Tavistock Road, Roborough (19 km)

Ilustración 30. El bar Lopes Arms.

Desde el cementerio Ford Park, regrese a la rotonda junto a Saltash Road. En la rotonda, tome el tercer desvío hacia Alma Road (señalizado Saltash, Liskeard y A38). Continúe 9 km a lo largo de Alma Road, Outland Road y Tavistock Road (A386) hasta la tercera rotonda mayor en Belliver Industrial Estate. En esta rotonda, tome el tercer desvío y regrese por Tavistock Road hacia Plymouth. Después de 300 m aprox. gire a la izquierda a la antigua Tavistock Road (señalizada Roborough). Continúe 300 m pasando Leatside Walk y Leatside. *The Lopes Arms* (véase la ilustración 30) está situado a la derecha; los visitantes pueden aparcar gratuitamente en la carretera delante del local. Los visitantes que deseen tomar algún refrigerio en el bar pueden usar los aparcamientos gratis de los que dispone.

Durante el verano de 1882, GTB y ACD disolvieron su asociación médica. ACD decidió viajar a Tavistock y estudiar la posibilidad de abrir una consulta propia en la ciudad. Durante el viaje visitó *The Lopes Arms* en la frontera entre Plymouth y la esquina sur de Dartmoor. ACD tenía una narración semificticia de una expedición fotográfica desde Plymouth hasta Tavistock, *Dry Plates on a Wet Moor,* publicada en el *British Journal of Photography* en noviembre de 1882. En este artículo, ACD califica The Lopes Arms como "The Admiral Vernon Public House". El mismo viaje sin duda sirvió de inspiración para el ambiente de una historia posterior de Sherlock Holmes, *The Adventure of Silver Blaze,* publicada por primera vez en *The Strand Magazine* en 1892.

6) High Moorland Visitor Centre, Tavistock Road, Princetown (34 km)

Ilustración 31. Duchy Hotel (hacia 1905).
FOTOGRAFÍA DE DAVID GERMAN.

Desde *The Lopes Arms*, continúe hacia el norte a lo largo de la vieja carretera Tavistock Road hasta el cruce con la A386. Gire a la izquierda y regrese a la rotonda de Belliver Industrial Estate. En esta rotonda tome el tercer desvío hacia Tavistock. Continúe 6 km a través de Roborough Down hasta la rotonda de Yelverton. En esta rotonda tome la segunda salida hacia Princetown y la B3212. Continúe 9 km hasta la rotonda en Princetown. Una vez aquí, tome la primera salida hacia Tavistock Road (B3357). Continúe 200 m y, después, gire a la izquierda hacia la Station Cottages Royal Court. Siga las señales que indican el camino hasta el High Moorland Visitor Centre Car Park (por el aparcamiento se cobrará una pequeña tarifa).

El edificio que alberga ahora el High Moorland Visitor Centre se construyó sobre 1809 para alojar a los oficiales del ejército y la milicia que vigilaban a los prisioneros napoleónicos de guerra en lo que es hoy la prisión HMP Dartmoor. En 1850, el señor James Rowe adquirió esta propiedad y la volvió a abrir como el Duchy Hotel (véase la ilustración 31). También mandó hacer un precioso mosaico en la zona de la recepción que aún se puede ver que dice: 'Bienvenidos los huéspedes que llegan, apresúresen los que se van' (de la traducción de Pope de la Odisea de Homero). El 2 de junio de 1901, ACD escribió una carta desde el Duchy Hotel a su madre en la que contaba (véase el capítulo 3):

> Aquí estoy, en la ciudad más alta de Inglaterra. Robinson y yo estamos explorando juntos para nuestro libro de Sherlock Holmes. Creo que me saldrá de maravilla, de hecho ya casi tengo hecha la mitad. Holmes está en su elemento, se basa en una idea muy dramática que debo a Robinson.

En 1990 la Autoridad del Parque Nacional de Dartmoor comenzó a transformar la propiedad en el Centro de Visitantes actual, el cual fue inaugurado oficialmente por su Alteza Real el Príncipe Carlos el 9 de junio de 1993. En la tienda del centro los visitantes pueden contemplar una foto grande de ACD y una figura de Sherlock Holmes. La zona de exposición incluye más información sobre ACD, BFR y *El perro de los Baskerville* (si lo desea puede hacer un pequeño donativo).

*7) Her Majesty's Prison Dartmoor, Princetown (35 km)

Ilustración 32. H.M.P. Dartmoor en un día brumoso de invierno.

Desde el Centro de Visitantes High Moorland regrese a la rotonda a la entrada de Tavistock Road y tome el primer desvío hacia Two Bridges (B3212). Continúe 0,5 km a una zona de aparcamiento a la derecha justo después de Princetown. Este sitio le ofrece al visitante la mejor vista de la prisión de Dartmoor (véase la ilustración 32).

Originalmente se construyó entre 1806 y 1809 para servir como base de los prisioneros de la guerra napoleónica; la prisión fue destinada al uso como cárcel en 1850 y ha seguido siendo así desde entonces. Durante la era victoriana, Dartmoor tenía fama de tener el régimen más severo de todas las prisiones británicas y fue utilizada para encarcelar a los presidiarios más peligrosos. A los visitantes que deseen conocer más sobre la historia de la prisión de Dartmoor se les invita a visitar el Centro Patrimonial situado en la Tavistock Road de Princetown (aparcamiento gratuito, se cobrará una pequeña tarifa para el acceso a la zona de exposición).

Durante 1901, ACD y BFR se alojaron en el hotel Duchy. Allí conocieron al director, al director suplente, al capellán y al médico de la prisión de Dartmoor Prison. ACD incorporó posteriormente esta prisión a *El perro de los Baskerville,* desde aquí huiría el personaje de Selden, el asesino de Notting Hill. La prisión de Dartmoor figura con diferente grado de importancia en otras tres historias: *El signo de los cuatro* (febrero de 1890), *How the King Held the Brigadier* (abril de 1895) y *How the Brigadier Triumphed in England* (marzo de 1903*).* La primera de estas historias se convirtió en la segunda novela de Sherlock Holmes (octubre de 1890) y las otras dos son historias del brigadier Gerard.

*8) Brook Manor, cerca de Hockmoor Hill, West Buckfastleigh (36 km)

Ilustración 33. Brook Manor (fachada sur).
FOTOGRAFÍA DE ANTHONY HOWLETT ©1992.

Desde el aparcamiento enfrente de la prisión de Dartmoor, continúe 1,6 km hasta la intersección en forma de T y gire a la derecha hacia Two Bridges (B3357). Continúe 6,6 km en dirección a Ashburton y gire después a la derecha hacia Hexworthy, Forest Inn y Venford Reservoir. Continúe 7,4 km después de Venford Reservoir en dirección al pueblo de Holne, gire a la derecha en la primera señal que indica Scoriton. Continúe 0,5 km y después tome el segundo desvío a la derecha (también señalizado Scoriton). Continúe pasando Littlecombe Farm y Tradesmans Public House 1,7 km hasta el cruce. Una vez aquí, gire a la derecha en dirección a Buckfastleigh y continúe 500 m hasta el buzón rojo colocado en la pared de la izquierda. Los visitantes pueden aparcar gratuitamente después del buzón, cerca de la entrada al patio y las cuadras Hawson. En frente del buzón hay una puerta de cinco barrotes desde la que se puede disfrutar de una buena vista de Brook Manor (véase la ilustración 33).

Brook Manor fue construido en 1656 por Squire Richard Cabell III (1622-1672). Un artículo en *The House of Commons Journal* de 1647 declaraba que Cabell fue multado por el Parlamento por estar del lado de los monárquicos en la Guerra Civil inglesa. Posteriormente se retractó de su apoyo a Carlos I y fue perdonado. El hecho, sin duda, encolerizó a la gente del lugar que dependía de los bienes del Ducado de Cornwall. Quizás por este motivo abundaban historias malévolas sobre el hacendado falto de principios. Por ejemplo, según dicen, una noche Cabell acusó a su mujer de adulterio con lo que se originó una lucha. Ella huyó cerca de Dartmoor, pero él la volvió a capturar y la asesinó con su cuchillo de caza. El perro de la víctima se vengó arrancándole el cuello a Cabell. Algunos dicen que aún se pueden oír los aullidos angustiados del animal. En realidad, la mujer sobrevivió a Cabell unos 14 años; sin embargo, la leyenda persistió. Existen paralelismos entre esta historia y la leyenda del malvado Hugo Baskerville que Mortimer relató a Sherlock Holmes en *El perro de los Baskerville*. Más tarde, Holmes resolvió el caso cuando advirtió una semejanza entre un retrato de 1647 de Hugo Baskerville vestido de monárquico y otro personaje llamado Stapleton.

9) Iglesia de la Santísima Trinidad, Church Hill, Buckfastleigh (57 km)

Ilustración 34. Sepulcro construido para el hacendado Richard Cabell III (situado junto al pórtico de la iglesia).

Desde Brook Manor continúe 2,4 km en la dirección de Buckfastleigh hacia Round Crossroads. Siga todo recto 500 m hacia la torre de la iglesia de la Santísima Trinidad. Los visitantes pueden aparcar gratuitamente delante de la entrada principal de la iglesia.

La iglesia de la Santísima Trinidad es básicamente un edificio del siglo XIII, pero con nave del siglo XV. El 8 de mayo de 1849, unos incendiarios provocaron un fuego que destruyó la sacristía y el registro de la parroquia. El mismo fuego también afectó gravemente a la mesa de comunión y una parte del tejado perteneciente a la nave norte. Durante la Segunda Guerra Mundial, las bombas alemanas destruyeron algunas de las vidrieras. El 21 de julio de 1992, los incendiarios atacaron de nuevo la iglesia, pero, en esta ocasión, las llamas provocadas destruyeron el edificio. Hoy día, de la iglesia de la Santísima Trinidad sólo existen los muros exteriores, aunque en ella se ofrecen oficios religiosos de forma irregular durante los meses de verano.

El impopular hacendado Richard Cabell III, falleció a principios del verano de 1672, sin embargo persistieron diferentes versiones del cuento sobre el asesinato de su mujer. Quizás de forma inevitable, esta mala fama ha creado algunas supersticiones fantasiosas en el lugar y varios infortunios que la iglesia de la Santísima Trinidad ha sufrido se han asociado al 'sepulcro' o 'tumba ático', que el hacendado había construido (véase la ilustración 34). También se ha insinuado que la lápida sepulcral pesada que posee servía para evitar que su espíritu se escape a Dartmoor y vaya a cazar con los perros. Sin embargo, no se sabe con certeza si el hacendado Squire Richard Cabell III también se encuentra en el sepulcro; en cualquier caso, la lápida sepulcral está únicamente inscrita con los nombres de su padre y su abuelo que murieron antes que él y que también se llamaban Richard Cabell. La lápida se ha visto dañada por actos vandálicos o ritos de magia negra en el pasado, por lo que ahora está protegida con una reja de hierro.

10) Iglesia de S. Andrés, West Street, Ashburton (62 km)

Ilustración 35. La sepultura de Henry Baskerville y su mujer.

Desde la iglesia de la Santísima Trinidad regrese a Round Crossroads y gire a la derecha en dirección a Buckfast. Continúe 600 m aprox. hasta la rotonda pequeña justo después de la entrada a la abadía Buckfast. Tome la segunda salida y continúe 600 m hasta la siguiente rotonda. Tome la primera salida hacia Exeter, Plymouth y Totnes. Cruce el puente sobre el río Dart River y gire luego a la izquierda en dirección a Ashburton y Princetown. Continúe 2,7 km hasta la intersección junto a la estación de servicio Peartree; después, gire a la izquierda. Continúe 50 m y tuerza después a la derecha en la Western Road que lleva a Ashburton y a Buckland en el páramo (B3352).

Continúe 800 m antes de girar a la izquierda en Kingsbridge Lane junto a los servicios públicos. Siga las señales hasta el aparcamiento. Una vez haya aparcado, salga a través de una arcada situada en la esquina del suroeste. Doble a la derecha (West Street) y suba la colina 50 m hasta la entrada principal de la iglesia de S. Andrés situada a la izquierda.

Henry Baskerville se encuentra enterrado en este cementerio. Recordará que él llevó a ACD y BFR por Dartmoor cuando los dos investigaban el escenario para *El perro de los Baskerville* en 1901 (véase el capítulo 3). Baskerville también compartía nombre y apellido con el personaje principal del libro. Para localizar la tumba (véase la ilustración 35), entre al cementerio utilizando la puerta principal y gire a la derecha. Camine 100 m por el camino asfaltado que se encuentra paralelo a un muro alto de piedra. Al final del muro, doble a la derecha tomando otro camino más estrecho junto a la tumba de Richard Bennett. Suba la cuesta pasando doce filas de sepulturas y gire a la izquierda a la altura de la lápida de Edward Amery Adams. La tumba de Henry Baskerville y su mujer, Alice (de soltera Perring), se encuentra siete parcelas hacia dentro partiendo de este lugar.

A los visitantes les puede interesar saber que cerca se hayan otras dos sepulturas con los nombres de personajes descritos en *El perro de los Baskerville*. Para localizar las tumbas de 'James Mortimer' y George 'Perkins', regrese a la de Richard Bennett. La sepultura de Mortimer está tres filas más arriba y cuatro parcelas hacia dentro, mientras que la de Perkins está dos filas más arriba y doce filas hacia dentro.

*11) 'Dorncliffe', 18 West Street, Ashburton (62 km)

Ilustración 36. Henry Baskerville (hacia 1955).

Ilustración 37. 18 West Street.

Regrese a la entrada principal de la iglesia de S. Andrés y gire a la derecha. Camine 500 m hasta la capilla metodista Ashburton donde se ofició el servicio funeral por Henry Baskerville (véase la ilustración 36) el 31 de marzo de 1962. Justamente enfrente se encuentra el número 18 de West Street o 'Dorncliffe' (véase la ilustración 37) que en un tiempo fuera la casa de Henry y Alice Baskerville.

Baskerville trabajó para la familia Robinson durante unos 20 años hasta que en 1905 aproximadamente Emily Robinson fue admitida clínica Springfield de Newton Abbot. Entonces se mudó a Ashburton, donde trabajó de jardinero durante 52 años para una familia influyente del lugar llamada Sawdye. Al principio, Baskerville residió con su familia en East Street (hacia 1905-1908) y después en 'Laburnums' (hacia 1909 – 1931). Más tarde residió en el número 18 de West Street hasta su muerte en 1962 a los 91 años de edad. Durante el tiempo pasado en Ashburton, Baskerville fue elegido para el Consejo del Distrito Urbano donde sirvió durante ocho años, se convirtió en miembro de *Court Leet and Baron Juries* y también fue elegido presidente de la Sociedad Cooperativa, puesto que ocupó durante doce años. También fue miembro de la Iglesia Metodista de Ashburton y había realizado los oficios de Circuit Steward, Society Steward, Poor Steward y Trustee. El 6 de febrero de 1961, Douglas Cock entrevistó a Baskerville en Dorncliffe para la emisora local de la BBC. Durante la entrevista Baskerville hizo el siguiente comentario referente a *El perro de los Baskerville*:

> '...Conan Doyle llegó y lo fui a recoger a la estación de Newton Abbot, se quedó ocho días en Park Hill y lo acompañé de

nuevo a su regreso. También lo llevé por Bovey Tracy y Heatree...para echar un vistazo por Hound Tor y...recoger algunas ideas para la historia. El libro fue escrito y me prometieron la primera edición...que recibí...Como joven que era no pensé en enviar mi copia ...a Conan Doyle para que me la [sic] firmara...no hasta después de que saliera la película y entonces pensé lo idiota que fui por no haberle enviado el libro a Conan Doyle...'

Durante esta breve entrevista, Baskerville se muestra a menudo confuso. La película a la que se refiere fue la producción de Hammer Films de 1959 de *El perro de los Baskerville* protagonizada por Peter Cushing (Holmes), André Morell (Watson) y Christopher Lee (Sir Henry Baskerville). Baskerville había gozado de una enorme popularidad antes del estreno de esta película, lo cual ha llevado a algunos a sugerir que exageró su papel y el de BFR en el origen de la historia.

12) Jardín, Coach Road, Newton Abbot (47 km)

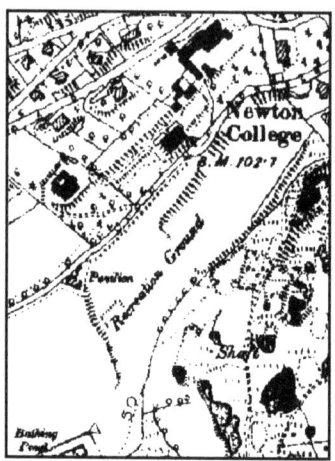

Ilustración 38. Mapa que muestra la disposición del Newton College (hacia 1890).

Plate 39. Tarjeta postal que muestra el pabellón de cricket en el Newton College (hacia 1900).

Desde el aparcamiento siga la carretera de sentido único hasta North Street. Gire a la derecha y continúe 150 m hasta la intersección. Doble a la izquierda hacia East Street (B3352) y siga la señalización hacia Exeter, Newton Abbot y la A38. Tome la autopista de Exeter A38 y continúe 1 km. Tome la A383 (señalizada con Newton Abbot) y continúe 8 km hasta la primera rotonda en Newton Abbot. Tome la segunda salida que está señalizada con Town Centre, Totnes y A381. Continúe 500 m hasta el semáforo delante del hipermercado ASDA y gire a la derecha. Continúe 300 m y gire después a la derecha en Wolborough Street (señalizada con Totnes y A381). Continúe 600 m y tome Old Totnes Road a la izquierda. Continúe 300 m hacia el campanario de la iglesia de St. María la Virgen. Continúe 800 m a lo largo de Coach Road hacia Newton Hall, situado a la izquierda. Después de Newton Hall, tome la primera bocacalle a la derecha que lleva a la sede de la Asociación de Fútbol del Condado de Devon. Utilice el aparcamiento gratis a la izquierda adyacente al jardín.

BFR fue matriculado como estudiante externo en el Newton College entre 1882 y 1890. La escuela (véase la ilustración 38) constaba de un jardín de recreo, un pabellón de cricket (véase la ilustración 39), un gimnasio, múltiples canchas para juegos de raqueta y *fives*, un estanque para el baño, una capilla, salas de estar y de lectura, una biblioteca, un laboratorio, aulas y dos casas de huéspedes grandes llamadas School-House y Red House. Al lado del campus para estudiantes de cursos superiores se encontraba una casa de huéspedes para estudiantes más jóvenes llamada Newton Hall. El jardín de recreo del colegio existe aún y lo usan conjuntamente el Consejo del

Condado de Devon, la Asociación de Fútbol del Condado de Devon y el Club de Fútbol Atlético de Newton Abbot. La última organización celebra encuentros en el antiguo campo de cricket del colegio y ha incorporado el pabellón original a la nueva sede del club. La piscina fue llenada y ahora es la sede del circuito Decoy BMX. El Newton College cerró en 1939 y fue reabierto como Forde Park Home Office Approved School (1940-1973). El Consejo del Condado de Devon usó entonces el colegio como hogar para personas jóvenes con necesidad de ayuda. Recientemente el lugar se vendió a 'Barratt Developments PLC', los edificios se demolieron y se sustituyeron por edificios modernos. Otros estudiantes notables son el autor sir Arthur Quiller-Couch (1863-1944), el explorador coronel Percy Harrison Fawcett (1867-1925) y el amigo de BFR, Harold Gaye Michelmore (véase el capítulo 3).

*13) Park Hill House, Park Hill Cross, Ipplepen (79 km)

Ilustración 40. Park Hill House.

Desde los antiguos jardines del Newton College, regrese a la iglesia de St. María la Virgen. Continúe 600 m hasta la rotonda y tome la primera salida hacia Totnes (A381). Continúe 3 km hasta la estación de servicio de Park Hill Cross situada a la izquierda unos 200 m después de la entrada al pueblo de Ipplepen. Los visitantes que deseen utilizar las instalaciones que ofrece esta estación de servicio pueden aparcar gratuitamente en el patio de delante. Park Hill House (véase la ilustración 40) está situada justamente enfrente de la estación de servicio de Park Hill Cross. Desde encima de la talud cubierta de hierba, junto a la acera que se extiende al lado de la estación de servicio, podrá ver mejor el inmueble.

Park Hill House fue construida sobre 1850 para un comerciante de cidra llamado John Bowden. Esta propiedad también incluía una granja cercana, dependencias y muchos acres de terreno. En 1866, John Bowden financió la construcción de la Capilla Metodista de Ipplepen. Alrededor de 1878 comerciaba como 'agente de venta de cereales, comisionista y comerciante general' en Plymouth y en la subdivisión de condado de Wolborough-with-Newton Abbot. En el momento de la realización del censo inglés el 3 de abril de 1881, la familia Bowden se había mudado al número 22 de Lambourn Road, Clapham, Londres (SW4) y Park Hill House se había dejado libre. Entretanto, Joseph Fletcher Robinson y su segunda mujer, Emily Robinson (de soltera Hobson), residían en el número 6 de Lyndhurst Road, Wavertree, cerca de Liverpool. Con diez años de edad BFR se alojó en una escuela pequeña llamada Penkett Road Beach House en Liscard, cerca de New Brighton, en West Cheshire.

Según el censo inglés de 1881, Joseph se retiró siendo el director comercial de Meade-King, Robinson & Company Limited, empresa de comerciantes que había fundado entorno a 1866 (la compañía aún existe). Por Semana Santa de 1882, Joseph y su familia se habían trasladado a Park Hill House, que está situada a unos 400 km al sur de Liverpool. Una posible explicación para este traslado a tanta distancia de Liverpool es que Joseph había visitado Devon en su trabajo como representante comercial antes de 1866 y simplemente decidiera retirarse a la zona rural para dedicarse a su afición a los deportes ecuestres. Sin embargo, un 'John Bowden, comerciante de sidra' está inscrito en el *Directory for Liverpool* como activo en el número 54 de Berry Street hasta 1849. ¿Quizás el John Bowden de Liverpool y de Ipplepen fueran la misma persona (o emparentadas) o tal vez los dos hombres fueran amigos?   Curiosamente, un tal 'Bowden' firmó posteriormente como testigo en la boda de BFR con Gladys Morris el 3 de junio de 1902 en Londres.

Entre el 25 de mayo y el 3 de junio de 1901, ACD visitó Devon para realizar las exploraciones para *El perro de los Baskerville*. Es probable que entre el 25 y el 30 de mayo se alojase con BFR y su familia en Park Hill House. Durante este período parece ser que ACD también escribió el segundo fascículo de la historia y gran parte del tercero (capítulos III-IV y V-VI de XV respectivamente).   ACD y BFR regresaron después a Park Hill House el 2 de junio tras visitar Princetown.   La cochera utilizada para guardar el vehículo en el que ACD y BFR se desplazaron por Dartmoor con Baskerville se llama ahora Park Hill Lodge y se encuentra ahora dos puertas a la izquierda de Park Hill House (junto a Moor Road).

*14) 'Honeysuckle Cottage', 2 Wesley Terrace, East Street, Ipplepen (80 km)

Ilustración 41. 2 Wesley Terrace (derecha).

Desde la estación de servicio de Park Hill Cross, tome la A381 a la izquierda en dirección a Totnes. Continúe 90 m y tome la Foredown Road a la derecha (señalizada Ipplepen, Torbryan y B'hempston). Continúe 600 m hasta el cruce donde East Street se une con Bridge Street (justo después de la Capilla Metodista de Ipplepen). En este cruce, gire a la derecha en Dornafield Road y continúe 50 m. Los visitantes pueden aparcar gratuitamente a la izquierda, justo después de la entrada a Brook Road. Camine 50 m hacia la entrada a la capilla y siga después a lo largo de East Street hasta 2 Wesley Terrace, 'Honeysuckle Cottage' (véase la ilustración 41).

Henry Matthews Baskerville nació en el pueblo vecino de Dainton durante el mes de febrero de 1871. Su padre, John Baskerville, era un jornalero agricultor que se casó con Mary Mathews el 17 de marzo de 1854. Los Baskerville ya tenían dos hijos llamados John (también jornalero agricultor) y Mary Catherine de 11 y 8 años de edad respectivamente.

Sobre 1886, Joseph Fletcher Robinson empleó a Henry de 'sirviente' en Park Hill House. Al principio sus obligaciones consistían en bombear agua para la casa desde un pozo cercano, pulir la vajilla de plata y limpiar las chimeneas. En 1891 había asumido las tareas adicionales de 'cochero y mozo de cuadra' y recibía 12 chelines y 6 peniques a la semana. Posteriormente, Henry se convirtió en cochero principal y era además responsable de un cochero ayudante, tres coches y dos caballos. Trabajó para la familia Robinson unos 20 años, hasta 1905 aproximadamente.

En 1891 Henry residía con sus padres y su tío tocayo, Henry Matthews (un cochero retirado) en lo que es hoy el número 2 de Wesley Terrace . El 17 de noviembre de 1894, Henry se casó con Alice Perring en la iglesia de Wesley en Torquay, más tarde residieron en el número 3 de Wesley Terrace (o 'Wisteria Cottage'). Henry y Alice tuvieron dos hijas llamadas Myrtle Alberta (nacida en el otoño de 1895) y Eunice Freda (nacida en el verano de 1902). Sobre el 31 de marzo de 1901, los padres de Baskerville se habían mudado al inmueble vecino llamado 'Credefords'.

15) Iglesia de S. Andrés, Ipplepen (81 km)

Ilustración 42. Sepultura de BFR en la parte noroeste de la iglesia de S. Andrés.

Desde Dornafield Road regrese a la intersección desplazada junto a la capilla y gire a la derecha entrando en Bridge Street. Continúe 600 m hacia Ipplepen Village Hall y después tuerza a la derecha en Silver Street. Una vez recorridos 50 m podrá aparcar gratuitamente a la izquierda, enfrente de la señal de Orley Road. Cruce la carretera y entre en la iglesia de S. Andrés mediante la puerta principal.

Para localizar la sepultura de BFR a partir de la puerta principal (véase ilustración 42), gire a la izquierda antes de la primera tumba que pertenece a los padres de Henry Baskerville. Continúe 50 m pasando la esquina noroeste de la iglesia hacia el *Church Hall*. Gire a la izquierda después de la tumba de Arthur William Poole y justo antes de la puerta de hierro que da a la entrada del *Church Hall*. Continúe otros 20 m hasta el primer monumento que es el más grande con una cruz. BFR está enterrado junto a sus padres y justo 20 m al norte del Rev. Robert Duins Cooke, el cual colaboró proyectando el ambiente ficticio provisional de *El perro de los Baskerville*.

Se les anima a los visitantes a pasar al presbiterio de la iglesia donde encontrarán dos vidrieras dedicadas a la familia Robinson. El artista victoriano C. E. Kemp, quien también realizó vidrieras para la Abadía de Westminster en Londres, diseñó estas dos. La vidriera del sur fue encargada por Emily Robinson en recuerdo a su marido, Joseph Fletcher Robinson (fallecido el 11 de agosto de 1903). Joseph había contribuido a la restauración de la iglesia de S. Andrés y también había actuado como consejero parroquial de la misma durante 21 años. Esta vidriera con una inscripción representa a Nuestra Señora y el Niño con S. Juan Evangelista y S. Andrés. La ventana del norte fue encargada por BFR en recuerdo a su madre, Emily Robinson (fallecida el 14 de Julio de 1906). Esta vidriera, también con dedicatoria, representa al Buen Pastor con S. Pedro y S. Pablo. BFR murió sólo 6 meses después de su madre (21 de enero de 1907); se le añadió otra inscripción en su memoria.

Parece que BFR y ACD acudieron al oficio de esta iglesia el 26 de mayo de 1901 que fue conducido por el Rev. R. D. Cooke.

16) El Grand Hotel, Seafront, Torquay (92 km)

Ilustración 43. El Grand Hotel visto desde el paseo marítimo (hacia 1910).

Desde la iglesia de S. Andrés, regrese a la intersección entre Foredown Road y la A381. Gire a la izquierda y continúe 90 m hasta el cruce en la estación de servicio de Park Hill Cross. Gire a la derecha en dirección a Bulleigh, Compton y Marldon. Continúe 5 km hasta una rotonda pequeña situada a la salida hacia Marldon. En esta rotonda tome el primer desvío y continúe 90 m. En la siguiente rotonda, tome el segundo desvío hacia Preston. Continúe 3 km a lo largo de Preston Down Road, Sandringham Gardens, Upper Headland Park Road y Headland Park Road (durante 1920, ACD se hospedó en el número 5 de Headland Grove, que está situado cerca, a la derecha de Headland Park Road). En el semáforo gire a la derecha tomando Torbay Road y continúe 2 km hasta otro semáforo con la señalización que indica el Riviera International Centre, Torre Abbey y Newton Abbot

(A380). Gire a la derecha hacia Rathmore Road y continúe 30 m. Gire a la izquierda y aparque gratuitamente en la calle detrás del Grand Hotel (véase la ilustración 43) o utilice las plazas de aparcamiento en la estación de trenes Torquay (enfrente). Los visitantes no residentes que deseen tomar un refrigerio en el hotel también pueden usar el aparcamiento gratis.

La estación de trenes de Torquay original (ahora llamada estación de trenes Torre) fue inaugurada el 18 de diciembre de 1848 por la compañía de ferrocarril de South Devon. En consecuencia, un gran número de londinenses adinerados tenía la posibilidad de viajar a Torquay tras sólo seis horas de tren. El 2 de agosto de 1859, la estación de trenes actual de Torquay fue inaugurada con la compañía de ferrocarril de Dartmoor y Torbay para hacer frente al número creciente de turistas. Durante la década de 1860 se construyeron diferentes hoteles grandes incluidos el Belgrave, Victoria y Great Western (después rebautizado como Grand Hotel). Los visitantes pueden tomar un refrigerio en el Compass Bar y Lounge del Grand Hotel y disfrutar de la maravillosa arquitectura Art déco.

En marzo de 1915, ACD y su segunda esposa, Jean, se hospedaron durante dos semanas en el Grand Hotel. Durante la visita, ACD dio una conferencia en el Pavilion del paseo marítimo que se tituló *The Great Battles of the War*. A los visitantes les puede interesar saber que Agatha Christie (de soltera Miller) nació en Torquay el 15 de septiembre de 1890 y que le gustaba el Grand Hotel de forma particular. La 'reina del crimen' escribió unas 80 novelas de misterio durante su carrera e inventó los personajes de Hércules Poirot y Miss Jane Marple. El 24 de diciembre de 1914, Agatha se casó con el coronel Archibald Christie; los recién casados pasaron la luna de miel en The Grand Hotel. La pareja se divorció el 20 de abril de 1928 y Agatha se volvió a casar con el arqueólogo Sir Max Mallowan el 11 de septiembre de 1930. La señora Mallowan (o *Dame* Agatha Christie) murió a los 85 años de edad el 12 de enero de 1976 en Cholsey, Oxfordshire.

17) Pavilion Shopping Centre, Vaughan Road, Torquay (94 km)

Ilustración 44. Pavilion y sus jardines (hacia 1920).

Desde el Grand Hotel, regrese al semáforo de Torbay Road frente al paseo marítimo. Gire a la izquierda y continúe 1 km hacia el puerto ("Harbour"). En la segunda rotonda tome el segundo desvío hacia "Marina" y "Pavilion". Los visitantes pueden hacer uso de los aparcamientos de Marina junto al Pavilion Shopping Centre (se cobrará una pequeña tarifa por el estacionamiento).

El Pavilion (véase la ilustración 44) fue inaugurado en agosto de 1912 como lugar de entretenimiento. Fue diseñado por el comandante Henry A. Garrett y construido después por Robert E. Narracott. El edificio presenta una mezcla de estilos clásicos y modernistas. La fachada fue decorada con mármol de carrara esmaltado con gres de Doulton para conseguir un efecto blanco palaciego. La cúpula central, cubierta de cobre, está rematada con una figura de tamaño natural de Britannia, símbolo del patriotismo y del imperialismo. El auditorio estaba revestido de roble, molduras de yeso y una galería curva. El Pavilion fue reabierto en 1987 como Pavilion Shopping Centre.

Durante el mes de julio de 1914, ACD regresó de su viaje a Norteamérica. Poco después comenzaría la Primera Guerra Mundial cuando Austria y Hungría le declararon la guerra a Serbia. Al mes siguiente, ACD fundó una unidad de guardia nacional de voluntarios en Crowborough y empezó a escribir regularmente para *The Daily Chronicle*.

El 2 de septiembre de 1914, ACD fue invitado a asistir a una reunión de Charles Masterman, miembro del Parlamento, que era jefe del departamento de propaganda de guerra. ACD, H.G. Wells, G. K. Chesterton, Thomas Hardy, Rudyard Kipling y otros escritores destacados británicos fueron reclutados por Masterman para fomentar los esfuerzos británicos en la guerra a través de sus obras. El 30 de septiembre de 1914, ACD publicó un folleto de reclutamiento para las fuerzas armadas titulado *To Arms!* En diciembre de 1914, ACD apareció el primero de muchos artículos sobre la guerra publicados por *The Strand Magazine*. Esta publicación por entregas fue publicada posteriormente de nuevo como una historia en seis volúmenes titulada *The British Campaign in France and Flanders*. Tal como se ha señalado anteriormente, en febrero de 1915, ACD comenzó un recorrido por al menos seis pueblos y ciudades británicas para ofrecer la conferencia *The Great Battles of the War*. La última de estas conferencias fue ofrecida en Pavilion, Torquay, el 27 de marzo de 1915. Posteriormente regresaría el 21 de febrero de 1923 para ofrecer una disertación titulada *The New Revelation*.

18) Ayuntamiento de Torquay, Castle Circus, Torquay (95 km)

Ilustración 45. Ayuntamiento de Torquay (hacia 1920).

Desde el aparcamiento de Marina, vuelva a la rotonda y regrese en dirección al Grand Hotel. Después de recorrer 600 m, tuerza a la derecha en Belgrave Road y continúe pasando el Victoria Hotel (donde ACD se alojó el 20 de febrero de 1923) y después tome la segunda bocacalle a la derecha (señalizado Lucius Street y Post Office). Continúe a lo largo de Tor Church Road y pase el Majestic Templestowe Hotel (donde la primera señora Conan Doyle y su madre se hospedaron en marzo de 1901). En el cruce, continúe a lo largo de Tor Hill Road y tome la primera bocacalle a la izquierda que da a Morgan Avenue. Aparque gratuitamente en las plazas situadas a la derecha. Camine hasta la intersección de Tor Hill Road con Morgan Avenue, cruce y siga 90 m en dirección a la torre del reloj que pertenece al ayuntamiento de Torquay (véase la ilustración 45). Los visitantes pueden pasar a la zona de recepción y pedir hacer una visita gratis al edificio.

El ayuntamiento de Torquay fue inaugurado en agosto de 1913 justo doce meses después del Pavilion. El edificio pertenece al estilo inglés renacentista; la torre del reloj encima de la entrada principal mide 60 m de altura. El edificio está construido de piedra y mármol traídos de diferentes canteras del lugar, incluida una en Ipplepen. La gran sala en la primera planta puede dar asiento a 1.200 invitados y a otros 300 en la galería. En este lugar fue donde ACD ofreció durante el mes de agosto de 1920 una conferencia titulada *Death and the Hereafter*. Este acto fue presidido por un tal Henry Paul Rabbich, el por entonces presidente de la Sociedad Espiritualista de Paignton y vicepresidente de la Unión de Espiritualistas de Condados del Sur. ACD se alojó en casa de Rabbich, 'The Kraal', en el número 5 de Headland Grove, Preston, Paignton. No se sabe si la señora Conan Doyle acompañó a ACD en esta ocasión.

Durante abril de 1918 ACD publicó *The New Revelation*, donde declara públicamente su creencia en el espiritualismo y escribió que consideraba esta material como 'la cuestión más importante que concernía a la raza humana.' El interés de ACD por el espiritualismo comenzó ya en 1880, cuando asistió a una conferencia en Birmingham mientras trabajaba como ayudante médico para el Dr. Reginald Hoare. Su interés, al parecer, aumentó después de la muerte de su hijo mayor, el capitán 'Kingsley' Conan Doyle, y su hermano menor, el general de brigada 'Innes' Conan Doyle por una neumonía de posguerra. Sin embargo, la fe de ACD permaneció intacta y continuó fomentando el espiritualismo por el resto de su vida.

Bibliografía seleccionada

A pesar de los esfuerzos realizados para poder indicar las fuentes consultadas, en algunos casos ha resultado imposible. Por ejemplo, los autores han consultado la fecha de nacimiento, boda y defunción, así como el registro del censo inglés para los tres personajes principales de los capítulos 1-3. También han utilizado los testamentos de ACD, GTB, BFR, Gladys Robinson (esposa de BFR), Sir John Robinson (tío de BFR), Henry Baskerville, Richard Cabell y otros. Estos registros no se prestan a un listado y, en cualquier caso, están todos disponibles en Ancestry.com o en la Oficina del Registro General. En otros casos, algunos textos del siglo XIX no presentan el nombre del autor o autores y sólo ofrecen detalles parciales sobre el editor. Por estos motivos los autores han omitido parte de las anotaciones de esta bibliografía seleccionada o las han provisto de notas aclaratorias entre corchetes. También han decidido omitir las referencias a algunas fuentes on-line utilizadas en las investigaciones para el capítulo 4. Esta decisión fue tomada con el fin de preservar la claridad, ahorrar espacio y también por la naturaleza transitoria de muchas páginas web.

Andrews, C., 'The Bound of the Astorbilts' en *The Bookman*, vol. 15, nº 4, junio de 1902, (Nueva York: Dodd, Mead & Co., Publishers, 1895-1933).

Anón., 'A Devon Coachman Whose Name Has Become Immortal', *The Western Times and Gazette*, 1 de noviembre de 1957 [artículo sobre Henry Baskerville].

Anón., 'Ashburton Funeral – The Late Mrs. A. Baskerville', *Mid-Devon Advertiser*, 2 de junio de 1951 [artículo sobre Alice Baskerville, la mujer de Henry Baskerville].

Anón., 'Bank-holiday in the West', *The Western Morning News*, 28 de mayo de 1901.

Anón., "Baskerville is Dead – Conan Doyle Used His Name for Sherlock Holmes Story", *The New York Times*, USA, 2 de abril de 1962.

Anón., 'Beyond the Veil – Sir Arthur Conan Doyle on Modern Miracles', *The Western Morning News*, 5 de agosto de 1920 [artículo sobre la conferencia de ACD en el Exeter Hippodrome].

Anón., 'B.F.R.', *The Daily Express*, 22 de enero de 1907 [necrología].

Anón., 'Coachman was in at Birth of Baskerville Tale', *Western Evening Herald*, 29 de marzo de 1962 [necrología de Henry Baskerville].

Anón., 'Congo Wrongs – Sir A. Conan Doyle and Mr. Morel at Plymouth', *The Western Morning News*, 19 de noviembre de 1909 [artículo sobre la primera conferencia de ACD en el Plymouth Guildhall].

Anón., 'Council of Legal Education', *The Times*, 15 de abril de 1896 [artículo que informa de que BFR fue admitido en Inner Temple].

Anón., 'Court Circular', *The Times*, 25 de octubre de 1902 [artículo que informa que ACD fue nombrado Caballero por el rey Eduardo VII].

Anón., 'Dartmoor in Story', *The Western Morning News*, 2 de marzo de 1931.

Anón., "Death and the Hereafter' – Sir Arthur Conan Doyle Lectures at Torquay', *The Torquay Directory and South Devon Journal*, 11 de agosto de 1920 [artículo sobre la conferencia de ACD en el Torquay Town Hall].

Anón., 'Death of Mr. B. F. Robinson', *Mid-Devon and Newton Times*, 26 de enero de 1907.

Anón., 'Death of Mr. B. F. Robinson', *Vanity Fair*, enero de 1907.

Anón., 'Doctor Who Helped to Cure the City', *Bristol Evening Post*, 11 de abril de 2006 [artículo sobre el Dr. William Budd, el padre de GTB].

Anón., 'Do Fairies Exist? – Sir A. Conan Doyle's Belief – Manifestations in Devon & Cornwall', *The Western Morning News and Mercury*, 24 de febrero de 1923.

Anón., *Edinburgh Wanderers Football Club Centenary 1868 – 1968*, (editado por el autor, 1968).

Anón., 'Festival Sports at Forde Park School', *Mid-Devon Advertiser*, 14 de junio de 1951.

Anón., 'Football. Blackheath v. West Kent', *The Times*, 29 de septiembre de 1879.

Anón., 'Football. Glasgow Academicals v. Blackheath', *The Times*, 7 de marzo de 1878.

Anón., 'Football. Rugby Union Rules. London, Western, and Midland Counties v. Oxford and Cambridge', *The Times*, 10 de noviembre de 1892.

Anón., 'Football. Rugby Union Rules. London, Western, and Midland Counties v. Oxford and Cambridge', *The Times*, 9 de noviembre de 1893.

Anón., 'Football. Rugby Union Rules. Oxford v. Cambridge', *The Times*, 17 de diciembre de 1891.
Anón., 'Football. Rugby Union Rules. Oxford v. Cambridge', *The Times*, 15 de diciembre de 1892.
Anón., 'Football. Rugby Union Rules. Oxford v. Cambridge', *The Times*, 14 de diciembre de 1893.
Anón., 'Golden Wedding Celebration – Ashburton Couple', *Western Evening Herald*, 21 de noviembre de 1944 [artículo sobre Henry y Alice Baskerville].
Anón., 'Greatest Delusion or Greatest Fact? – Spiritualists' Claim – Sir A. Conan Doyle at Plymouth', *The Western Morning News and Mercury*, 24 de febrero de 1923 [artículo sobre la segunda y última conferencia de ACD en el Plymouth Guildhall].
Anón., 'Henley Royal Regatta', *The Times*, 6 de julio de 1892.
Anón., 'Henley Royal Regatta', *The Times*, 7 de julio de 1892.
Anón., 'Henley Royal Regatta', *The Times*, 8 de julio de 1892.
Anón., 'His Name has Gone Down in Mystery – Harry Baskerville', *South Devon Journal*, 17 de octubre 1951.
Anón., "Hound of the Baskervilles' – Harry Baskerville Dead; Conan Doyle Used Name', *New York Herald Tribune*, USA, 2 de abril de 1962.
Anón., 'In Memoriam', *The World*, 22 de enero de 1907 [necrología de BFR].
Anón., *Ipplepen Cricket Club 1890 – 1990*, (editado por el autor, 1990).
Anón., 'Late Mr. B. Fletcher Robinson – Funeral at Ipplepen', *The Western Morning News*, 25 de enero de 1907.

Anón., 'Life After Death – Sir A. Conan Doyle on Danger of Self-Satisfied', *The Western Morning News*, 6 de agosto de 1920 [artículo sobre la conferencia de ACD en el Torquay Town Hall].
Anon., 'Linked to the Hound of the Baskervilles', *Dawlish Post*, 15 de noviembre de 1991 [artículo sobre Park Hill House].
Anón., 'London Editor's Death – Mr. B. Fletcher Robinson Succumbs to Typhoid Fever', *The Western Guardian*, 24 de enero de 1907.
Anón., 'Lord Roberts and 'The Pilgrims', *The Times*, 20 de junio de 1904.
Anón., 'Marriages – Robinson:Morris', *The Times*, 5 de junio de 1902.
Anón., 'Mr. Baskerville Returned to see Old Village Friends', *The South Devon Journal*, 13 de junio de 1951.
Anón., 'Mr. Fletcher Robinson – Memorial Service at St. Clement Danes', *The Daily Express*, 26 de enero de 1907.
Anón., 'Mystery of the Stonehouse Wall Plaque', *Waterfront News*, invierno de 1994.
Anón., 'Obituary – Mr. B. Fletcher Robinson', *The Times*, 22 de enero de 1907.
Anón., 'Obituary – Mr. Phil Morris, A.R.A.', *The Times*, 24 de abril de 1902.
Anón., 'Obituary – Sir John R. Robinson', *The Times*, 2 de diciembre de 1903.
Anón., 'Presentation at Dartmoor Prison', *The Western Morning News*, 31 de mayo de 1901.
Anón., 'Rowing. The University Boat Race', *The Times*, 12 de febrero de 1894 [artículo que revela que BFR fue seleccionado para remar para *Trial VIII* de Cambridge].
Anón., 'Sidelights on Great Crime Stories (No 10) – 'Ghost Hound" of the Marshes – Was it the Inspiration of

Conan Doyle's Story?' *The Evening News*, 25 de mayo de 1939.

Anón., 'Sir A. Conan Doyle – Special Interview at Torquay – Spiritualists View of Religion', *The Western Morning News and Mercury*, 21 de febrero de 1923.

Anón., 'Sir Arthur Conan Doyle at Torquay', *The Western Morning News*, 29 de marzo de 1915 [artículo sobre la primera conferencia de ACD en The Pavilion en Torquay].

Anón., 'Some Gossip of the Week', *The Sphere*, 26 de enero de 1907 [necrología de BFR].

Anón., 'Spiritualism – New Town Hall, Torquay', *The Torquay Directory and South Devon Journal*, 21 de julio de 1920 [publicidad de la próxima conferencia de ACD].

Anón., *The British Medical Journal*, 16 de marzo de 1889 [necrología de GTB].

Anón., 'The Coronation Honours', *The Times*, 26 de junio de 1902 [artículo sobre el nombramiento de Caballero del rey Eduardo VII a ACD].

Anón., 'The Escape of Convicts', *The Times*, 17 de junio de 1901.

Anón., *The New Forest Church of All Saints Minstead*, Minstead Parish Church Council, 1999.

Anón., "The New Revelation' – Sir A. Conan Doyle's Lecture at Torquay', *The Western Morning News and Mercury*, 22 de febrero de 1923 [artículo sobre la segunda y última conferencia de ACD en The Pavilion en Torquay].

Anón., 'The New Revelation – Sir Arthur Conan Doyle at Torquay – Life After Death', *Torquay Times*, 23 de febrero de 1923.

Anón., 'The New Sherlock Holmes Story' en *The Bookman*, octubre de 1901, (Nueva York: Dodd, Mead & Co., Publishers, 1895-1933).

Anón., "The New Revelation' – Visit of Sir Arthur Conan Doyle to Torquay', *The Torquay Directory and South Devon Journal*, 28 de febrero de 1923.

Anón., 'The Original Baskerville Dies, Aged 91', *The Western Morning News*, 30 de marzo de 1962.

Anón., 'University Intelligence', *The Times*, 26 de noviembre de 1897 [artículo que informa de que BFR ha obtenido el título MA en su Alma Máter].

Anón., 'When Conan Doyle Practised Medicine in Plymouth', *The Western Morning News*, 2 de febrero de 1949 [artículo que ofrece un resumen de las relaciones más importantes de ACD con Devon].

Anón., 'Where Sir Arthur Played Billiards', *Dawlish Post* sin fecha [artículo sobre Park Hill House].

Austin, B, "Dartmoor Revisited or Discoveries in Dartmoor", *Austin's Sherlockian Studies – The Collected Annuals*, (New York: Magico Magazine, 1986) [artículo sobre Richard Cabell III y la leyenda de Baskerville].

Bainbridge, J., *Newton Abbot: A History and Celebration of the Town*, (Teffont, Salisbury: Frith, 2004).

Bamberg, R. W., *Haunted Dartmoor – A Ghost-Hunter's Guide*, (Newton Abbot: Peninsula Press, 1993).

Barber, C., & Barber, S., *Dark and Dastardly Dartmoor*, (Exeter: Obelisk, 1988).

Barber, C., *Princetown of Yesteryear* (Exeter: Obelisk, 1995) [2 volúmenes].

Baring-Gould, S., *A Book of Dartmoor*, (Londres: Methuen, 1900).

Baring-Gould, S., 'First Report of the Dartmoor Exploration Committee: The Exploration of Grimspound', *Transactions of the Dartmoor Association,* Vol. 26, 1894.

Baskerville, H. M., 'A letter to the Editor [Noel Vinson]', *The Western Morning News*, 1949. [esta carta está fechada el 9 de febrero de 1949, fue publicada el 16 de febrero de 1949. Fue escrita en respuesta a la carta de H. G. Michelmore que apareció en el mismo periódico el 2 de febrero de 1949. Baskerville recuerda su viaje de 1901 a Dartmoor con BFR y ACD. También menciona que BFR le dio un ejemplar firmado de *The Hound of the Baskervilles*].

Bath, E. J., *Newton Abbot Roundabout*, (editado por el autor, 1984) [Newton Abbot Library].

Bigelow, S. T., 'The Singular Case of Fletcher Robinson' in *The Baker Gasogene – a Sherlockian Quarterly,* Vol. 1, No. 2, 1961.

Bond, Pearce & Co. (Solicitors), *Indenture between Benjamin Butland of Leigham Barton Eggbuckland, farmer and landlord, and George Budd of East Stonehouse, surgeon and tenant*, 16 de noviembre de 1881 [este escrito está guardado en el Plymouth & West Devon Record Office con la referencia: 'Accession No 917/35'].

Bradshaw's General Railway and Steam Navigation Guide, mayo y junio de 1901 [ésta fue la guía y el horario mensual más completo de British Railway en esta época, se conserva en The National Archive de Richmond con la referencia: 'Rail 903/118'].

Brandenburg, B., Doyle, A. C., Green, A. K., Poe, E. A., Robinson, B. F. & Stevenson, R. L., (ed. Patten, W.), *Great Short Stories: Volume 1 Detective Stories*, P. F. Collier & Son [esta antología de 12 historias cortas incluye *The Sign of Four* y *A Scandel in Bohemia* de ACD y también *The Vanished Millionaire* de BFR].

Budd, A. J. & others, (ed. Marshall, F.), *Football: The Rugby Union Game*, (Londres: Cassell & Co. Ltd., 1892).

Byng, B., *Dartmoor's Mysterious Megaliths*, (Plymouth: Baron Jay, sin fecha).

Carr, J. D., *The Life of Sir Arthur Conan Doyle*, (London: John Murray, 1949).
Carter, P., *Newton Abbot*, (Exeter: The Mint Press, 2004).
Cassell's Family Magazine, (ed. Pemberton, M.) de diciembre 1896 – de noviembre 1897, (Londres: Cassell, Petter & Galpin) [incluye 3 artículos de BFR].
Cassell's Magazine, (ed Pemberton M), diciembre de 1897 – diciembre de 1903, (Londres: Cassell) [incluye 21 artículos, 4 historias cortas y 2 poemas de BFR].
The Chanticleer, (ed. Foakes-Jackson), 1890 – 1894, (Cambridge: J. Palmer) [periódico del Jesus College que cambió su nombre por *The Chanticlere* a partir de octubre de 1892].
Chapman, L., *The Ancient Dwellings of Grimspound and Hound Tor*, (Chudleigh: Orchard Publications, 1996).
The Cheltonian, junio de 1901 [informe sobre el partido de cricket jugado el 7-8 de junio entre Cheltenham College y un equipo incógnito con ACD – páginas 139-142].
Clifton College Register 1862-1947, Old Cliftonian Society, Edn 47, 1947.
Climatological Returns for Ashburton, Druid, Devon, mayo y junio de 1901 [observación metereológica diaria de la Royal Meteorological Society de Fabyn Amery. Se conserva en el Met Office National Meteorological Archive, Exeter con la referencia: '910070'].
Climatological Returns for Great Yarmouth, Norfolk, abril 1901 [observación metereológica diaria de la Royal Meteorological Society. Se conserva en el Met Office National Meteorological Archive con la referencia: '910741'].
Climatological Returns for Princetown, Devon, , mayo y junio de 1901 [observación metereológica diaria de la Royal Meteorological Society del personal de la prisión de

Dartmoor. Se conserva en el Met Office National Meteorological Archive con la referencia: '911426'].

Cooke, H. R., 'A letter to the Editor [Noel Vinson]', *The Western Morning News*, 1949 [esta carta tiene fecha del 7 de febrero de 1949, fue publicada el 14 de febrero de 1949. En esta carta el Rev. H. Cooke cuenta que su padre, el Rev. R.D. Cooke, había acompañado a BFR en su viaje de exploración a Dartmoor antes de que BFR visitara de nuevo la zona con ACD].

Cooke, R. D., *The Churches and Parishes of Ipplepen and Torbryan*, sin fecha [parece que este artículo fue publicado como suplemento de *Ipplepen Parish Magazine* hacia 1930].

Cramer, W. S., 'The Enigmatic B. Fletcher Robinson and the Writing of The Hound of the Baskervilles' in *The Armchair Detective*, Vol. 26, No. 4, 1967.

Crossing, W., *Princetown – Its Rise and Progress*, (Brixham, Devon: Quay Publications, 1989).

The Daily Express, mayo de 1900 – junio de 1904, (London: C. A Pearson) [102 artículos, 1 poema y 1 comedia corta de BFR].

Dam, H. J. W., 'Arthur Conan Doyle: An Appreciation of the Author of "Sir Nigel", the Great Romance Which Begins Next Sunday', *New York Tribune Sunday Magazine*, 26 de noviembre de 1905.

Djabri, S. C., *The Story of the Sepulchre – The Cabells of Buckfastleigh and the Conan Doyle Connection*, (Londres: Shamrock Press, 1989).

Doidge's Western Counties Yearbook, 1879-80 (Plymouth).

Doyle, A. C., 'Dry Plates on a Wet Moor', en *The Hound*, Vol. 3, 1994 [primera publicación en *The British Journal of Photography,* noviembre de 1882].

Doyle. A. C., *Memories and Adventures,* (Londres: Greenhill Books, 1988) [facsímil de la primera edición del libro publicada por Londres: Hodder & Stoughton, 1924].
Doyle, A. C., 'My First Experiences in Practice', *The Strand Magazine*, Vol. 66, No. 395, noviembre de 1923.
Doyle, A. C., 'The Adventure of the Norwood Builder' en *Collier's Weekly Magazine*, octubre de 1903.
Doyle, A. C., *The Hound of the Baskervilles*, (Londres: George Newnes, 1902).
Doyle, A. C., *The Lost World*, (Londres: Hodder & Stoughton, 1912).
Doyle, A. C., *The Stark Munro Letters*, (Londres: Longmans, Green & Co., 1895).
Dunnill, M., *Dr. William Budd. Bristol's Most Famous Physician*, (Bristol: Redcliffe Press, 2006).
Edwards, O. D., *The Quest for Sherlock Holmes*, (Edimburgo: Mainstream Publishing, 1983).
Elvins, J. W., *Plymouth Street Directory*, 1867 - 1873, (Plymouth: John W Elvins).
Evans, P., 'The Mystery of Baskerville', *The Daily Express*, 16 de marzo de 1959.
Eyre Brothers' Plymouth, Devonport and Stonehouse Street Directory, 1880–1890 (Londres: Eyre Bros.).
Fraser, J. M., & Robinson, B. F., (ed. Sisley, C.), 'Fog Bound' en *The London Magazine*, agosto de 1903 (Londres: Amalgamated Press).
Fraser, J. M., & Robinson, B. F., (ed. Hutchinson, A.), 'The Trail of the Dead – The Strange Experience of Dr. Robert Harland' en *The Windsor Magazine*, diciembre de 1902 – mayo de 1903 (Londres: Ward & Lock) [6 historias cortas].
French, A., *Ipplepen*, (Exeter: Obelisk Publications, 2003).

Gilbert, T., '*A Letter to The Royal College of Physicians of London*', (sin publicar, 17 de mayo de 1882) [Thomas Gilbert era director de la universidad de Edimburgo, escribe en su carta breve: "Por la presente certico que el señor Mr Arthur Conan Doyle comenzó la carrera de Medicina el 1 de noviembre de 1877 y se graduó con M.B. y C.M. en esta universidad el 1 de agosto de 1881". Esta afirmación es importante puesto que contradice la idea generalizada de que ACD comenzó los estudios de Medicina en octubre de 1886. Esta carta aún se conserva en la biblioteca del Royal College of Physicians con la referencia: 'G49 of the ALS (historic letter) collection'].
Goodall, E. W., *William Budd, M.D. Edin., F.R.S. – The Bristol Physician and Epidemiologist*, (Londres: Arrowsmith, 1936).
Gore's *Directory for Liverpool and its Environs*, (Liverpool: J. Mawdsley & Son, 1845-1867).
The Granta, (ed. Lehmann, R. C.), 1892-97, (Cambridge: W. P. Spalding) [incluye 16 poemas, 1 canción y 1 comedia corta de BFR].
Green, R. L., 'Bertram Fletcher Robinson: An Old and Valued Friend – The Adventure of the Two Collaborators' en *Hound and Horse, A Dartmoor Commonplace Book*, ed. Shirley Purves, (Londres: The Sherlock Holmes Society of London, 1992).
Green, R. L., 'Conan Doyle and his Cricket' in *The Victorian Cricket Match - The Sherlock Holmes Society of London versus the P.G. Wodehouse Society*, ed. Black, M.C., (Londres: The Sherlock Holmes Society of London, 2001).
Green, R. L., 'The Hound of the Baskervilles, Part 1' en *The Journal of the Sherlock Holmes Society of London*, Vol. 25, No. 3, 2001.

Green, R. L., 'The Hound of the Baskervilles, Part 2' en *The Journal of the Sherlock Holmes Society of London*, Vol. 25, No. 4, 2002.
Hammond, D., *The Club: Life and Times of Blackheath F.C.*, (Londres: MacAitch, 1999).
Hands, S., & Webb, P., *The Book of Ashburton – Pictorial History of a Dartmoor Stannary Town*, (Tiverton: Halsgrove House, 2004).
James, T., *About Princetown*, (Chudleigh: Orchard Publications, 2002).
Jones, K. I., *The Mythology of The Hound of the Baskervilles*, 2ª Edn, (Penzance: Oakmagic Productions, 1996).
Kelly's Directory of Devonshire, 1878/79 y *1910* (Londres: Kelly's Directories Ltd, 1883-1926). [registros de Ipplepen].
Klinefelter, W., *Origins of Sherlock Holmes*, (Bloomington, Indiana: Gaslight Publications, 1983).
Lellenberg, J., Stashower, D., & Foley, C., *Arthur Conan Doyle: A Life in Letters*, (Los Estados Unidos de América: Penguin, 2007).
Lethbridge, H. J., *Torquay & Paignton: The Making of a Modern Resort*, (Chichester: Phillimore & Co., 2003).
London and Provincial Medical Directory 1848-69, (Londres: John Churchill).
London Medical Directory 1845, (Londres: C. Mitchell).
Mann, R., *Buckfast & Buckfastleigh*, (Exeter: Obelisk, 1994.
Marshall, A., *Out and About – Random Reminiscences*, (Londres: John Murray, 1933).
Marshall, F., (ed.), *Football: The Rugby Union Game*, (Londres: Cassell & Co., 1892). [incluye un artículo de Arthur Budd].

Marshall, H. P., (con Jordan, J. P.), *Oxford v. Cambridge: The Story of the University Rugby Match*, (Londres: Clerke & Cockeran, 1951).
Mathews' Annual Bristol & Clifton Directory & Almanack, 1850–1869 (Bristol: Matthew Mathews, 1850-1869).
Mathews' Bristol Directory, 1870-1879, (Bristol: J. Wright & Co., 1870-1879).
Matson, C. G., 'Automobile Topics: The Paris Automobile Show', *The World*, 11 de diciembre de 1906. [BFR era editor de este periódico en el momento de su muerte. Según diferentes fuentes contrajo la fiebre tifoidea durante una visita a The Paris Automobile Show en diciembre de 1906].
Matson, C. G., 'Automobile Topics: The Paris Automobile Show', *The World*, 18 de diciembre de 1906.
Matson, C. G., 'Automobile Topics: The Paris Automobile Show', *The World*, 25 de diciembre de 1906.
Maurice, A. B., 'Conan Doyle's "The Hound of the Baskervilles"', *The Bookman*, mayo de 1902, (Nueva York: Dodd, Mead & Co., Publishers, 1895-1933).
McClure, M. W., 'Myth-Conception Regarding The Hound of the Baskervilles' en *The Devonshire Chronicle: The Quarterly Journal of The Chester Baskerville Society,* Vol. 1, No. 2, 1989.
McNabb, J., The Curious Incident of the Hound on Dartmoor en *Occasional Papers, No. 1, - Bootmakers of Toronto* [The Sherlock Holmes Society of Canada], (Toronto: Bootmakers of Toronto, 1984).
Medical Directory, 1870-1905 (Londres: Churchill Livingston).
Michelmore, H. G., 'A letter to the Editor [Noel Vinson]' *The Western Morning News*, 1949 [esta carta está fechada el 2 de febrero de 1949 y fue publicada el 7 de febrero de

1949. Fue escrita en respuesta a un informe reciente sobre *The Life of Sir Arthur Conan Doyle* de J. Dickson Carr y discute la asociación entre ACD y BFR].

Michelmore, H. G., *Fishing Facts and Fancies*, (Exeter: A. Wheaton & Co., 1946).

Michelmore, H. G., *'Letter to Miss Mary Taylor'*, (sin publicar, 30 de enero de 1907) [esta carta relata la reacción de Michelmore ante la noticia de la muerte de BFR y sus planes de ir a Londres para establecerse allí. Se conserva en la British Library of Political and Economic Science con la referencia: 'Mill-Taylor, Vol. 29, No. 307'].

The Newtonian, 1881–1890 (Newton Abbot: G. H. Hearder) [el periódico del Newton Abbot Proprietary College que BFR editó entre 1887 y 1889].

Oswald, N. C., 'The Budds of North Tawton: A Medical Family of the 19th Century'en *Report and Transactions of the Devonshire Association for the Advancement of Science, Literature and Arts*, Vol. 117, diciembre de 1985.

Pearce, D. N., 'The Illness of Dr. George Turnavine Budd and its Influence on the Literary Career of Sir Arthur Conan Doyle' en *Journal of Medical Biography,* Vol. 3, No. 4, noviembre de 1995.

Pearson, H., *Conan Doyle, his Life and Art,* (Londres: Macdonald & James, 1977).

Pearson's Magazine, marzo de 1900 – diciembre de 1904, (Londres: C. A. Pearson). [Incluye 15 artículos, 2 hisoria cortas y 2 poemas de BFR].

Pemberton, M., *Sixty Years Ago and After*, (Londres: Hutchinson & Co., 1936).

Pemberton, M., *Wheels of Anarchy*, (Londres: Cassell & Co., Ltd., 1908).

Pugh, B. W., *A Chronology of the Life of Sir Arthur Conan Doyle – New Revised and Expanded Edition,* (editado por el autor: 2003).
Pugh, B. W., *A Monograph on George Turnavine Budd*, (editado por el autor: 2007).
Rice, F. A., (compiler), *The Granta and its Contributors 1889-1914*, (Londres: Constable & Co., 1924).
Robinson, B. F. et al. (ed. Hutchinson, A.), 'Chronicles in Cartoon: A Record of our Own Times' en *The Windsor Magazine*, diciembre de 1905 – noviembre de 1906 (Londres: Ward & Lock). [Incluye 12 artículos con tiras cómicas de *Vanity Fair* con celebridades de la época].
Robinson. B. F., 'How Mr. Denis O' Halloran Transgressed his Code' en *Appleton's Booklovers Magazine,* Vol. 9, enero de 1907 [esta fue la última historia breve que BFR escribió].
Robinson. B. F., *John Bull's Store*, (Londres: Elkin & Co., 1903) [un himno a la reforma fiscal: música de Robert Eden y letra de BFR].
Robinson, B. F., 'People Much Talked About in London' en *Munsey's Magazine,* Vol. 37, 1907.
Robinson, B. F., (ed. Pemberton, M.), *Rugby Football*, (Londres: A. D. Innes & Co., 1896).
Robinson, B. F., (ed. Savory, E. W.), *Sporting Pictures*, (Londres: Cassell & Co., 1902).
Robinson, B. F., 'The Chronicles of Addington Peace' en *The Lady's Home Magazine of Fiction*, agosto de 1904 – enero de 1905, [6 historias breves].
Robinson, B. F., 'The Fortress of the First Britons. A Description of the Fortress of Grimspound on Dartmoor' en *Pearson's Magazine,* Vol. 28, septiembre de 1904.

Robinson, B. F., *The Little Loafer*, (Londres: Elkin & Co., 1904) [un himno a la reforma fiscal: música de Robert Eden y letra de BFR].
Robinson, J. R., *Fifty Years on Fleet Street* (Londres: MacMillan & Co., 1904) [la autobiografía de un hermano menor de Joseph Fletcher Robinson].
Rodin, A. E., & Key, J. D., 'A Plymouth Adventure: Arthur Conan Doyle and George Turnavine Budd' en *Baker Street Miscellanea,* No. 57, 1989.
Rodin, A. E., & Key, J. D., *Medical Casebook of Doctor Arthur Conan Doyle*, (Malabar, Florida: Krieger Publishing, 1984).
Ruber, P. A., 'Sir Arthur Conan Doyle & Fletcher Robinson: an Epitaph' en *The Baker Street Gasogene*, Vol. 1, No. 2, 1961.
Saville, G., 'The War of the Baskervilles', *The Independent*, 11 de julio de 2001.
Selleck, D., *Backalong in Plymouth Town: Stories from West Country History - 1780-1880, No. 1,* (Redruth: Dyllansow Truran, 1984).
Selleck. D., 'Dr. Budd, Bully or Benefactor', *Western Evening Herald*, 21 de julio de 1990.
Selleck, D., 'Tough Talking Cured Patients', *Western Evening Herald*, 16 de agosto de 1983.
The Shirburnian, Junio de 1901 [informa sobre el partido de cricket jugado del 3 al 4 de junio de entre el Sherborne School y un equipo incógnito con ACD – páginas 96-98].
Simpson, A. W. B. Shooting Felons: 'Law, Practice, Official Culture and, Perceptions of Morality' en *Journal of Law and Society*, Vol. 32(2), junio de 2005, (Oxford: Blackwell Publishing, 1982-) [una historia de huidas de presos de la prisión HMP de Dartmoor].

Spiring, P. R., *A Monograph on Bertram Fletcher Robinson*, (editado por el autor, 2007).

Stashower, D., *Teller of Tales: The Life of Arthur Conan Doyle*, (New York: Henry Holt & Co., 1999).

Stonehouse Street Directory, 1852-73, (Plymouth: F. Brendon).

Summers, V., 'The Case of Conan Doyle and the Amazing Dr. Budd', *Devon Life,* junio de 1990 (Totnes: Archant Life).

The Three Towns Directory for Plymouth, Devonport and Stonehouse, (Plymouth: W. J. Trythall, 1877).

Travis, J., *Lynton and Lynmouth – Glimpses of the Past*, Breedon Books, 1997.

Vanity Fair (ed. Robinson, B. F.), mayo de 1904 – octubre de 1906, (Londres: Harmsworth) [incluye 27 artículos, 33 historias breves, 2 poemas, 1 canción y 8 comedias cortas de BFR].

Weller, P. L., 'Deposits in the Vault: Together Again on the Moor?' en *Stimson & Company Gazette*, No. 3, 1992.

Weller, P. L., *The Hound of the Baskervilles – Hunting the Dartmoor Legend*, (Tiverton: Devon Books, 2001).

Wheeler, E., '"Rescuer" of Sherlock Holmes', *The Western Morning News*, 24 de octubre de 1969.

Wheeler, E., 'The Grand Old School of Newton Abbot', *Mid-Devon Advertiser*, 8 de agosto de 1970.

White, W., *History Gazetteer & Directory of Devonshire*, (Sheffield: Robert Leader, 1850) [registros para Ipplepen].

Will, H., *Ford Park Cemetery, Plymouth – A Heritage Trail*, (Plymouth: Ford Park Cemetery Trust, 2004).

Williams, J. E. H., 'The Reader: Arthur Conan Doyle' en *The Bookman*, abril de 1902.

Zunic, J., 'Origins of the Hound, 1: Bertie and Max', *The Northumberland Gazette*, noviembre de 1989.

Documentos privados

Anón., *Blackheath Football Club Records 1875-1898*, (sin publicar y sin fecha) [este club cambió su nombre posteriormente por Blackheath Rugby Club].
Howlett, A., (sin publicar, 1976) [notas de conferencia].
McNabb, J., *My Friend, Mr. Fletcher Robinson*, (sin publicar, hacia 1985).
Michelmore, H. G., *A letter to Henry Baskerville*, (sin publicar, 8 de febrero de 1949) [esta es una respuesta del autor a la carta que recibió de Baskerville el día anterior. Discute la colaboración literaria entre ACD y BFR en *The Hound of the Baskervilles*].
Robinson, F., *Reminiscences of Frederick Robinson*, (sin publicar, 1911) [10.000 palabras de notas autobiográficas escritas por el hermano más pequeño de Joseph Fletcher Robinson].
Smyllie, F., *History of Meade-King, Robinson & Co. Ltd.*, (sin publicar y sin fecha) [ensayo extenso sobre el desarrollo de esta compañía desde su fundación por by Joseph Fletcher Robinson].
Sutton, M., *The Darling Budds of Devon,* (sin publicar y sin fecha).

Informes preparados para Brian W. Pugh y Paul R. Spiring

Anón., *George Turnavine Budd*, (Devon Record Office, 2005).
Anón., *Henry Mathews Baskerville,* (Devon Record Office, 2005).

Anón., *Park Hill House in Ipplepen*, (Devon Record Office, 2005).
Anón., *Squire Richard Cabell III*, (Devon Record Office, 2005).
Beckwith, J., *Arthur James Budd*, (The Royal College of Physicians of London, 2006).
Duncan, S., *BFR and The Isthmian Library*, (British Library, 2006).
Duncan, S., *The London Residences of BFR*, (British Library, 2005).
Ferguson, I., *Dr. George Turnavine Budd*, (Edinburgh University, 2007).
Gillies, S., *Articles by-lined by BFR and Published in The Daily Express*, abril de 1900 – julio de 1904, (British Library, 2005 – 2006) [serie de decisiete artículos].
Willmoth, F., *BFR & Dr. Henry Menzies*, (Jesus College, The University of Cambridge, 2005).

Fuentes en internet

Casey, P., *Clifton Rugby Football Club History*, http://www.cliftonrfchistory.co.uk
Pugh, B. W., *The Conan Doyle (Crowborough) Establishment*, http://www.the-conan-doyle-crowborough-establishment.com/
Spiring, P. R., *BFRonline.BIZ*, http://www.bfronline.biz/

También disponible de la MX Publishing:

Brian W. Pugh and Paul R. Spiring

Bertram Fletcher Robinson

A Footnote to the Hound of the Baskervilles

También disponible de la MX Publishing:

Alistair Duncan

Eliminate the Impossible

An Examination of the World of Sherlock Holmes on stage and screen

Milton Keynes UK
Ingram Content Group UK Ltd.
UKHW031822130224
437791UK00013B/910